16	3	2	13
5	10	11	8
9	6	7	12
4	15	14	1

Antonio Arnoni Prado

O ÚLTIMO TREM DA CANTAREIRA

editora 34

EDITORA 34

Editora 34 Ltda.
Rua Hungria, 592 Jardim Europa CEP 01455-000
São Paulo - SP Brasil Tel/Fax (11) 3811-6777 www.editora34.com.br

Imagem da capa:
Estação Areial do trem da Cantareira, São Paulo, c. 1950

Imagens das pp. 6-7 e 8-9:
Estação Horto Florestal, 1959 (foto de Massami Kishi)
e Estação Parada Sete, 1958 (foto de Carlheinz Hahmann)

Capa, projeto gráfico e editoração eletrônica:
Bracher & Malta Produção Gráfica

Digitalização e tratamento das imagens:
Cynthia Cruttenden

Revisão:
Alberto Martins
Osvaldo Tagliavini Filho

1ª Edição - 2019

CIP - Brasil. Catalogação-na-Fonte
(Sindicato Nacional dos Editores de Livros, RJ, Brasil)

Arnoni Prado, Antonio
A595u O último trem da Cantareira / Antonio
Arnoni Prado. — São Paulo: Editora 34, 2019
(1ª Edição).
128 p.

ISBN 978-85-7326-750-1

1. Literatura brasileira. I. Título.

CDD - 869.3B

O ÚLTIMO TREM DA CANTAREIRA

CORRÉA & IRMÃO
DOCES
SANDWICHS

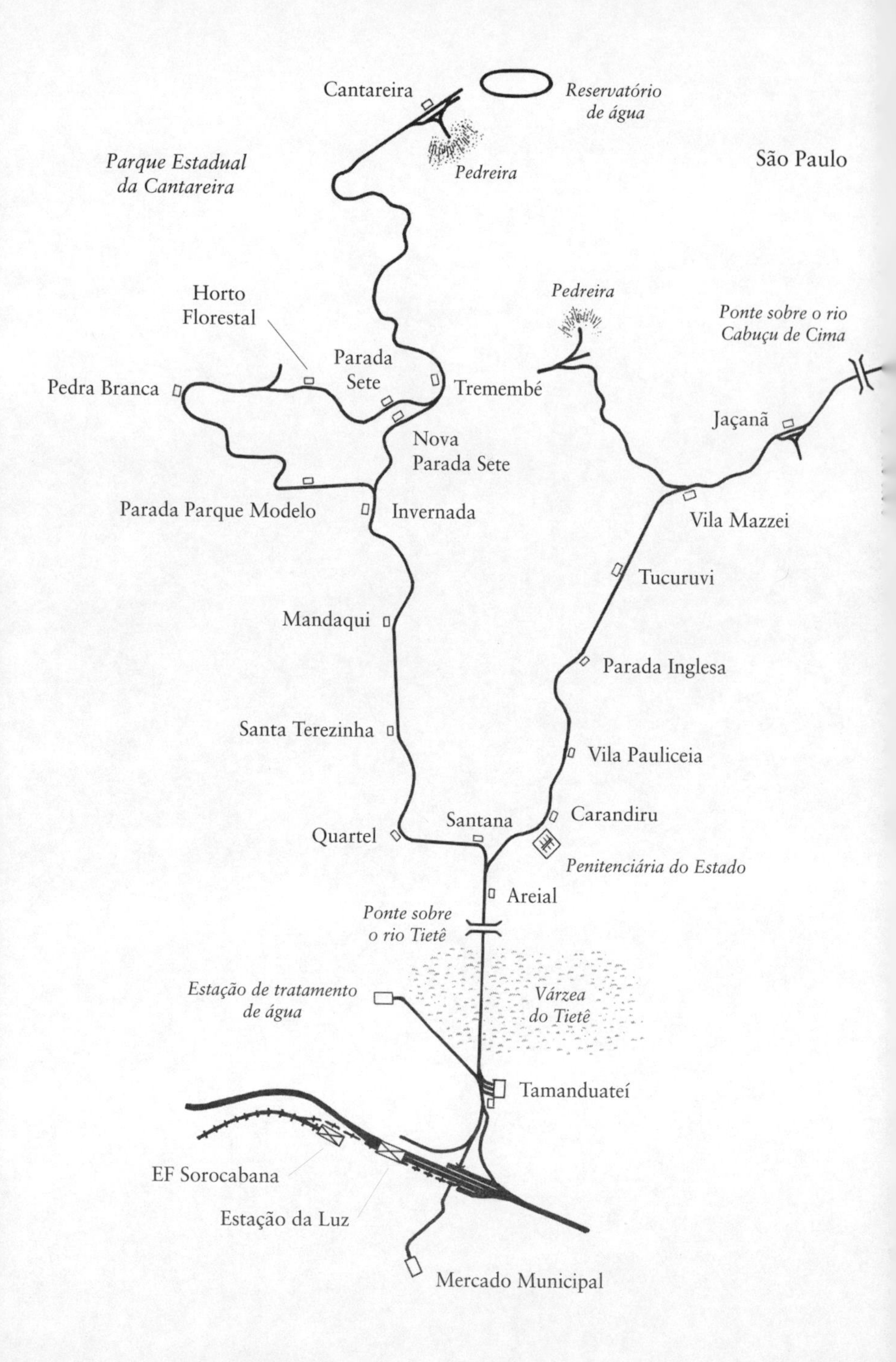
Cantareira
Reservatório
de água
Parque Estadual
da Cantareira
Pedreira
São Paulo
Horto
Florestal
Pedreira
Ponte sobre o rio
Cabuçu de Cima
Parada
Sete
Pedra Branca
Tremembé
Jaçanã
Nova
Parada Sete
Parada Parque Modelo
Invernada
Vila Mazzei
Tucuruvi
Mandaqui
Parada Inglesa
Santa Terezinha
Vila Pauliceia
Santana
Carandiru
Quartel
Penitenciária do Estado
Areial
Ponte sobre
o rio Tietê
Estação de tratamento
de água
Várzea
do Tietê
Tamanduateí
EF Sorocabana
Estação da Luz
Mercado Municipal

Guarulhos

para a Mariana e o Ricardo,
entre saudades dos meninos da Cantareira

1

“Um grande professor!” — foi a única coisa que consegui ouvir, espantado, no meio daquela barulhada de palmas que estalavam pelo salão de homenagens. Confesso que cheguei a duvidar que fosse comigo. De grande, que eu saiba, nunca tive nada. Muito pelo contrário, sempre guardei a consciência de não passar de um leitor esforçado, desses que suam à noite para no dia seguinte apresentar aos alunos o que outros já haviam pensado. E depois, vivendo nos confins da Cantareira, sem livros em casa, cresci mais ou menos na rua, no meio de gente simples, para quem só o batente suado formava o caráter — coisa que nem de longe faria supor uma carreira universitária.

“Parabéns, mestre!”, dizia a coordenadora do curso, enquanto me dava um abraço ousadamente apertado diante dos colegas. “Vai ser difícil preencher a sua falta aqui na faculdade!”, era o que ela sussurrava, com os olhos marejados, lamentando a despedida.

Agradeci quase envergonhado e segui pelas escadas que levavam ao hall do salão nobre, àquela altura repleto de gente graúda, professores eméritos, pessoas com cargos ilustres em entidades de auxílio à pesquisa, correspondentes no Brasil de institutos superiores da Europa. Queria me ver livre daquilo tudo, ir lá fora tomar uma água para amaciar os conhaques que havia bebido pouco antes de a cerimônia começar.

Foi então que, enquanto descia, vi pela janela o bedel da turma da noite, sem paletó e de camisa aberta — quanta inveja! —, fumando esparramado num dos bancos do jardim, ao lado da biblioteca. Que coisa engraçada... Não sei por que sempre imaginei que o meu destino na vida fosse viver daquele jeito, solto nas ruas, sem hora para chegar nem para sair. E isso desde os tempos do Grupo Escolar Arnaldo Barreto, onde sofri com verdadeiro horror sob os gritos e reguadas que a professora gorda me lascava nos dedos, enquanto me puxava as orelhas com as mãos cheirando a óleo de peroba envelhecido que vinha das carteiras.

Ao ver o bedel fumando largado naquele banco, lembrei com saudade das manhãs ensolaradas cabulando aula no Horto Florestal. Mal cheguei a sentir a aragem fresca que subia do jardim, o mestre de cerimônias delicadamente me puxou pelo braço. "É por ali, professor. Agora vem a saudação do magnífico reitor e logo em seguida fala o doutor Angeliba, sendo depois apresentados os homenageados", disse-me ele, como se anunciasse a abertura solene do Prêmio Nobel.

Só então percebi que não tinha jeito e que a noite prometia. Por coincidência, era maio, o mesmo mês daquela noite de 1954 que o vendaval dos anos havia desmanchado e levado embora para sempre quando o Cabelo viu a mãe do Paulo Louco sentada no colo do delegado Pentecoste. Ah, que noite aquela... Descíamos troteando a rua Lair, no Tremembé da Cantareira — eu, Frangão e Paulo Louco na frente; Luiz Krem, Cabelo e Chico André atrás. Tudo por ordem do Paulo, que, sendo o mais velho da turma, costumava escolher o caminho das nossas aventuras, decidindo tudo por si, sem ouvir palpite de ninguém.

A missão daquela noite era seguirmos os passos dele em marcha batida, entrando onde ele entrasse, virando para os lados que ele cismasse, assobiando e batendo os sapatos, em fila indiana. Lembro que ainda tentei tirar essa ideia da cabeça dele, dizendo que alguns de nós nunca tinham feito aquilo e que talvez, por medo, acabassem desistindo pelo caminho. Ele mandou eu calar a boca: já tinha visto alguns daqueles garotos se enrolando com gente grande sem levar desaforo para casa. "Esses porras não toparam sair de noite? Então não têm por que afinar. É ir pra cima do que vier!"

Olhei para ele e não tive coragem de rebater. Fiquei me remoendo por dentro, com vontade de dizer o que sentia, mas achei melhor ficar quieto. Não dava para esquecer a vida que o Paulo Louco levava no barracão onde vivia com a mãe, o pai bêbado e três irmãos menores para cuidar. Ele, que nem sempre conseguia dinheiro para ajudar em casa, só podia descontar na gente toda aquela bronca de humilhação e sofrimento.

Lembro que era uma noite quase garoenta, de vento úmido, tão frequente por aqueles lados da Serra da Cantareira e do Horto Florestal, por onde se escondia o velho Tremembé da nossa infância. Paulo Louco tinha esse nome porque dizia não ter medo de nada, "nem de bicho nem de homem nenhum", ele gostava de falar. Era "homem" para qualquer coisa.

Daqui, desta cerimônia, fico imaginando que ele já teria escapado há muito tempo para ir fumar tranquilo o seu Mistura Fina lá fora, sentado na grama ao lado do bedel. Mas aquela noite, diante dele, não era só que me faltasse coragem, pensei depois, mesmo sem querer admitir. Era outra coisa mais grave, um quase desengano que me desmanchava por dentro. A verdade é que eu nunca mais consegui me livrar daquele olhar ameaçador que me perseguiu como um fantasma pela vida inteira.

Fazia silêncio, agora que o gramático Angeliba acabava de se dirigir a tantas excelências e se preparava para abrir a sua fala meticulosa, cheia de citações doutorais. Seu discurso precedia — e isso o mestre de cerimônias não me disse — a oração de despedida do chefe da congregação, um conhecido erudito em línguas indígenas que quase jogou na lama a reputação de um colega ao acusá-lo sem provas de haver mandado depredar os aparelhos do laboratório de fonética. Lembro que cheguei a provocá-lo numa sessão acadêmica (a prudência do doutor Angeliba sugeriu inclusive que os gravadores fossem desligados), mas me faltou coragem para dizer tudo o que pensava ali na frente de todo mundo.

Também ali, cara a cara com o Paulo Louco, não foi pequeno o medo que senti, mesmo olhando por cima e procurando falar grosso, como se fôssemos parceiros iguais naquela molecagem. Minha sorte foi que ele não chegou a notar, tão bem eu fingia. Dali do grupo, ninguém tinha peito para encarar o Paulo, porque ele era um tipo capaz de qualquer coisa, como aliás já tinha acontecido noutras vezes.

Ninguém dizia, mas o semblante do Paulo Louco era de dar medo a qualquer um. A gente ria, disfarçando, mas, para ele, dar um murro na cara ou chutar a boca de alguém para ganhar uma aposta, ou simplesmente mostrar que era mais forte, não custava nada, era uma decisão de segundos, desse aquilo no que desse. Como da vez em que, no trem, atochou na garganta do velho Schultz o charuto que o coitado levava no colete, pulando em seguida do vagão em movimento, em plena barrocada da estação Parada Pinto. Tudo para impressionar a irmã do Torradinha, sentada distraída ao lado do velho, ela mesma que, segundo diziam, o Paulo chegou a beijar na boca nos fundos do Recreio Holandês, numa véspera de Ano-Novo.

Ainda agora estou ouvindo a voz da avó Beppina lamentando-se, desconsolada, com minha mãe: "*Ma quello Paulo senza giudizio ha fatto buona per quello povero vecchio...*".

Ah, o falatório do doutor Angeliba... Sinceramente, não consegui acompanhar toda aquela retórica ensebada, aqueles elogios ao reitor ali presente, que ele começava a descrever como um exemplo de mestre só comparável ao de talentos como Rui Barbosa, a quem pediu licença — quanta coragem! — para citar um trecho que já ia para quase cinco minutos. Diante daquele labirinto de palavras costuradas com verbos complicados e expressões fora de moda, que só iam encontrar o sujeito da frase dez ou quinze linhas abaixo, não tive a coragem do pequeno Luiz Krem, que naquela noite molhada, enjoado de tantas ordens e assobios, teve o brio de gritar "Chega!" na cara do Paulo Louco, saindo da fila sem olhar para trás.

Ninguém esperava aquela reação do Krem, um menino mirrado que logo perdia o fôlego quando a asma batia, filho temporão do velho Saul, um romeno aluado que veio corrido lá do Bom Retiro e rodava solitário pelas ruas do bairro, revirando o lixo em busca de ferro-velho. Tapei os ouvidos para não escutar os tapas — o primeiro, forte, na cara, e o outro na boca, com as costas da mão, bem no canto esquerdo do lábio. Não vi, como o Frangão, o sangue correr, mas ouvi o grito de dor, sem deixar de olhar para a frente, como rezava o nosso trato.

"Alguém mais vai querer?", perguntou o Paulo Louco com os olhos dentro dos meus, como se adivinhasse a minha revolta. Tentei falar, mas achei melhor ficar quieto, segurando a mágoa e fazendo o jeito de parceiro duro. "Vê só como são esses moleques", ele me disse. "Ficam implorando pra vir junto e na hora H decidem falar grosso e encarar. Saiu da fila? Já vai tarde! Ele que volte para o escarrado do pai dele, que fede mijo de longe e nem roupa sabe dar pra esse moleque."

Quanto mais nos afastávamos, mais o vento espalhava os soluços abafados do garoto Krem, que ouvi gemendo lá no alto da rua Lair e volta e meia me vem à lembrança com aquele gesto de coragem que eu levei de inveja pela vida afora. Pensei comigo: por que eu também não posso fazer como ele e gritar "Chega!" aqui para essa baboseira toda enfeitada de becas? Por que não decido levantar agora e fugir da arrogância bem composta dessa solenidade que entorpece os quatro cantos do auditório?

Só lá embaixo, quando o Paulo Louco enveredou pelo quintal da chácara da dona Nicota, é que pude olhar para trás e ver o vulto embaçado do Krem sumindo na neblina — como esquecer? — com a cabeça enterrada nos joelhos.

O nosso pelotão já ia longe quando, bem lá embaixo, quase na esquina da rua Pedro Vicente, ao enveredarmos em marcha batida pelos fundos da chácara, acelerando o trote que o chão de terra empoeirava, ouvimos de repente um berro aflito: "Cuidado que a trilha vai dar no pomar do padre Távora!".

Era a voz do Cabelo, que gritava lá atrás com medo do cura, um português atarracado, desses capazes de interromper a missa para mandar à sacristia as paroquianas namoradeiras e menos contritas. "Aqui o Távora não pia!", respondeu o Paulo Louco com outro berro, assobiando mais forte e batendo os sapatos para envenenar o trote.

Foi então que um portão rangeu lá no fundo e os cachorros começaram a latir. Ao darmos a volta pelo santuário, ali atrás da gruta iluminada, nos vimos de repente cercados pelos uivos da cachorrada, cada vez mais perto de nós, enlouquecida pelo breu da escuridão. "Ninguém sai da ordem!", gritou de novo o Paulo Louco com uma vara na mão para evitar o ataque. Atrás de mim, Frangão e Chico André já se imaginavam fugindo pelo corredor da rua Eduardo, quando de uma janela brilhou a calva do velho padre, berrando e nos chamando de "desalmados" e "gentinha miserável", que ele mesmo havia de levar amarrada para a delegacia do Xisto, até que os responsáveis aparecessem. "Hão de dormir no cimento do xadrez, esses arruaceiros", ele bradava, acordando a vizinhança.

Na primeira varada que o Paulo Louco acertou, a noite virou um pandemônio. A cachorrada espirrou de lado e veio espumando para cima de nós. Pensei no silêncio do meu quarto, onde a uma hora daquelas eu costumava ouvir pela janela o barulho do vento que descia das cabeceiras da serra, apressando os passantes sob o frio e a cerração. E me lembrei das vezes em que cheguei a ir para a estrada só para viver com eles a sensação daquela friagem zunindo entre os pinheiros que vergavam ali na curva da Junção, antes de começar a descida para a estação Cantareira, de onde, às quatro e vinte da matina, partia o primeiro trem.

2

As palmas no auditório voltaram a ressoar, agora que o doutor Angeliba acabava de anunciar o nome do patrono da turma, que ele definia como "um linguista erudito, mestre incomparável na pesquisa e na docência", além de colega que "merecia da comunidade acadêmica a mais irrestrita admiração".

Com gestos largos que lhe alvoroçavam a beca escura, em contraste com o brilho da testa calva, Angeliba assumia agora um tom impostado que escondia a humildade mais fingida, ao afirmar que "por mais desagrestes que fossem os contratempos da sorte e as maldades dos homens, era raro que deixassem de nos causar um bem ainda maior". E emendava, elevando os braços: "Ai de nós, se a purificação gradual, que nos deparam as vicissitudes cruéis da existência, não encontrasse a colaboração providencial de homens como o insigne patrono desta solenidade".

Confesso que pensei em me retirar quando vi o homenageado puxar do bolso o maço de tiras que passaria a ler em seguida, como resposta. Mas recuei em tempo ao perceber a esposa do patrono, sentada ao meu lado, desmanchando-se em lágrimas diante daquela consagração pública do marido ilustre.

Quanta diferença em relação ao Krem! Tão franzino e doente mas cheio de brio para mandar o Paulo Louco para os quintos dos infernos e pular fora da fila — eis o que sinto hoje ao relembrar as cenas daquela noite. Depois de quarenta anos em sala de aula, permaneço na fila, perdido aqui nesse disparate de ostentação e vaidade.

Ah, o Krem, quanta saudade! Ainda o vejo lá no alto da rua Lair, abandonado, chorando sozinho, a cabeça escondida entre os joelhos e a boca manchada de sangue. Mas não tive a hombridade de lhe dizer tudo isso quando, pouco depois, o encontrei por acaso em frente ao cabaré da mãe do Êgo, a caminho de casa. Não apenas me calei, como pude ler em seus olhos, num único segundo, o claro vislumbre da minha própria covardia. Era como se ele, mesmo sem querer, estivesse me dizendo que eu preferi o silêncio por medo do Paulo Louco. Eu não queria, jamais quis admitir que aquilo fosse verdade, mas me tranquei por dentro, resignado, convencido de que ele estava certo. Agora que tudo havia passado, tentei dizer ao Krem que o gesto dele foi um ato de coragem, uma coisa que nenhum de nós tinha feito antes. "Você foi o único, moleque!" Apenas comecei, mas logo tive de parar, porque ele se virou para ir embora sem dizer mais nada.

E só se voltou para mim quando me ouviu dizer que o Paulo Louco tinha sido preso pelo Xisto naquela noite no pomar do padre Távora, que fez questão de acompanhar o caso pessoalmente na delegacia. Ainda posso ver a expressão de alegria misturada com descrença que o Krem demonstrou ao dar rápida meia-volta para saber do acontecido. Notei que, para ele, aquilo não podia ser verdade, apesar de não esquecer sua cara de satisfação imaginando o Paulo nas mãos do Xisto a caminho da delegacia debaixo de uns cascudos. "Por que eles só pegaram o Paulo?", foi a pergunta que deixei sem resposta para não ter de confessar a minha deslealdade diante daquele amigo que, mesmo doente e raquítico, foi capaz de mostrar para todos nós que o Paulo não era melhor que ninguém.

Mas havia um outro lado: eu também não lhe disse que o Paulo Louco, de todos nós, foi o único que se recusou a fugir. E mais: que tinha sido ele quem escorou com o próprio corpo os galhos do cipreste para a gente escapar pela rua Eduardo, correndo até lá em cima, quase na esquina do pasto da Invernada. Frangão e Chico André nem olharam para trás, desembestando pelo chão de terra em direção à Parada Sete. Eu preferi voltar para a rua Lair, descer para a Pedro Vicente e me esconder ali nos fundos do bar do seu Henrique, atrás do muro que dava para a chácara da dona Nicota, de onde, agachado, podia ouvir os berros do padre que alvoroçavam a vizinhança. O que não contei ao Krem é que o Paulo Louco, no meio de todas aquelas ameaças, voltou sozinho para ajudar o Cabelo, que, lá dentro, tentava driblar a lanterna do padre, enquanto a cachorrada o acuava rosnando embaixo da latada que ficava atrás da piscina.

O que aconteceu é que os cachorros, na chispa, abocanharam a calça do Cabelo e o derrubaram. Ele acabou batendo a cabeça na laje e ficou ali gemendo, emborcado, até que o padre o agarrou e mandou o jardineiro avisar a ronda, enquanto limpava os pingos de sangue que salpicavam o cimento.

Ao atravessar o cipreste de volta, o Paulo Louco deu com o Távora ajoelhado sobre o nosso parceiro, com a lanterna em cima dele tentando iluminar o rosto. Não sei e nem posso dizer ao certo o que de fato aconteceu lá dentro naquela hora. O que depois me disseram é que o Paulo Louco arrancou a lanterna da mão do padre e o segurou pela gola do pijama, gritando para que o Cabelo fugisse antes que o jardineiro voltasse com os homens do Xisto.

Também não posso garantir que o Paulo Louco teve peito para gravatear o Távora. De onde eu estava não dava para ver nada. O que sei é que o Cabelo desapareceu por muito tempo, e dias depois o seu Guerreiro, vizinho do padre, contou lá em casa que os homens só conseguiram levar o Paulo Louco para a delegacia com a ajuda dele e do jardineiro, o padre atrás, esconjurando sem parar.

Eu lembrava dessas coisas que o tempo arrastou para tão longe quando, de repente, entre os voos retóricos do doutor Angeliba e as palmas emocionadas que subiam do auditório, me pareceu avistar, saindo ali das cortinas dos fundos e caminhando lentamente em minha direção, a figura amarrotada do Krem. Confesso que não sabia ao certo se me encontrava no presente ou se tinha sido tragado pela aura imantada daquelas lembranças que agora recordava cheio de saudade.

Mas ele... Eu quis olhar direito. Será mesmo o Krem? — pensei comigo, admirado. Sim, era ele! E não tinha mudado nada! Era o mesmo Krem daqueles tempos! O cabelo escorrido, os olhos claros de sempre, nervosamente temerosos e distantes, com ar de quem acabou de chorar, a camisa esgarçada sob o blusão azul, aquele mesmo que ganhara de presente no Natal dos Pobres de 1953, depois de um dia inteiro de espera na fila, em frente à secretaria do Grupo Escolar Arnaldo Barreto.

— Ô Krem! Você por aqui, rapaz?

Ele ficou me olhando em silêncio, um pouco a distância, sem demonstrar qualquer sinal de surpresa ou emoção. Era o mesmo Krem que eu conhecera na escola. "Dá uma olhada aqui em volta e vê se isso não lembra aquelas comemorações do Sete de Setembro, quando o professor João Pedro ficava falando lá na frente, de olho na gente e pronto pra puxar a orelha de quem ele pegasse rindo ou passando bilhete", resolvi dizer para abrir a conversa. E completei: "Aqui não é diferente, Krem. Você tem que ficar sentado, ouvindo. Só que não dá pra passar bilhete, e muito menos achar graça de alguma coisa".

Ele continuava me olhando intrigado. Tratei de tranquilizá-lo, dizendo que não se impressionasse com as becas pretas, que não havia morrido ninguém. Aquelas becas não tinham nada a ver com as roupas de luto que o diretor e o inspetor do grupo escolar usaram naquela manhã de 1954, quando o presidente Getúlio Vargas se suicidou. "Não se assuste com esses roupões pretos", fui logo explicando. Aquilo era apenas uma comemoração de fim de ano, em homenagem aos professores.

Quando ouviu o nome de Getúlio Vargas, o Krem logo me perguntou: "Não foi aquele presidente que deu um tiro no coração?". Eu me animei e disse que sim, rindo, que era o mesmo homem que a nossa classe homenageou naquela longínqua manhã em nossa escola. "Até me lembro que foi na aula de canto orfeônico", ele disse, para minha surpresa. "Eu tinha acabado de levar uma bronca na frente de todo mundo por ter brincado com um verso do Hino Nacional. A dona Ester gritou comigo e eu fiquei todo envergonhado, mas ninguém teve tempo de me arreliar, porque o diretor bateu na porta e chamou a professora pelo vidro, avisando que as aulas seriam suspensas porque o presidente tinha acabado de se matar no Rio de Janeiro."

"Lembra o susto que a gente levou?", completei em seguida, para dizer que tinha visto muitas meninas chorando no corredor, enquanto esperavam pela chegada das mães, preocupadas. Naquele dia não teve recreio. Nós ficamos na sala de aula até a hora da saída, por ordem do professor João Pedro. O pior foi ter de esperar a chegada do inspetor, que só apareceu depois de mais de uma hora. Sem contar o medo que sentíamos, desconfiados do que pudesse acontecer. Ainda agora parece que estou vendo o inspetor entrando em silêncio e caminhando para a frente da turma, com o rosto sombrio e os olhos baixos. Assim que entrou, ele abraçou o professor João Pedro e ordenou que ficássemos todos de pé para cantarmos juntos o Hino Nacional, dizendo para a classe que naquele dia "o Brasil inteiro estava de luto".

Depois mandou que fôssemos em ordem para casa, porque as aulas estavam suspensas. Lá fora, muitas pessoas choravam nas ruas e quase ninguém falava nos bares, todo mundo com cara de espanto, ouvindo pelo rádio, em silêncio, a leitura solene da carta-testamento, misturada a um fundo musical dolente e compassado.

Não demorou e o Krem se encarregou de quebrar aquelas recordações. "O pior", ele me disse de repente, "foi que eu tive de ficar lá até meio-dia, sozinho na saleta escura da diretoria, escrevendo duzentas vezes no caderno a frase 'A escola é lugar de respeito'." E repetiu com um risinho embaraçado: "Duzentas vezes em letra bem redondinha, como exigia o professor João Pedro Mendonça".

No entanto, ele continuava intrigado ao ver a beca negra dobrada bem ali na minha poltrona. "É, Krem, eu também vou subir no palco com isso, rapaz. Mas garanto que vai ser pela última vez, pode acreditar", eu me justifiquei. "Pra mim ela vale menos, muito menos, que aquela capa do Zorro que a gente usava nas tardes de correria em cavalinhos de pau pelos capinzais da Parada Santa, brincando de mocinho e bandido", ajuntei.

Ele continuou me olhando meio cismado, com jeito de quem parecia querer ir embora. Depois perguntou se não estava me atrapalhando. "Não, Krem, você não me atrapalha, rapaz. Não vai me atrapalhar em nada", insisti, mesmo sabendo que aquilo tudo era pesado demais, além de chato e sem graça, para um menino como ele, esquecido pelos arredores da periferia e sem o menor contato com cerimônias como aquela.

Lembro que, por um momento, ficamos sem saber o que dizer um ao outro. Até que eu decidi perguntar o que ele queria de mim e como ficara sabendo que eu estava ali, sem sequer imaginar que eu vivia o tempo inteiro pensando nele, ao recordar a longínqua aventura daquela noite garoenta em que descemos trotando a rua Lair no velho Tremembé da nossa infância.

Foi então que veio a surpresa: o Krem disse que só veio me procurar porque eu o havia chamado. E perguntou ressabiado, olhando direto nos meus olhos: "Não lembra?... Foi você mesmo que me chamou aqui. Queria que eu te contasse uma coisa, dizendo que só eu é que podia saber", concluiu. "Eu?", exclamei surpreso. "Mas quando?", perguntei preocupado. "Ontem à noite, rapaz! Não se lembra? É, foi você mesmo!", ele insistiu com tanta convicção que não tive como lhe dizer o contrário. E, sem perceber, acabei desabafando: "Chamei você aqui pra ficar em paz comigo mesmo, Krem". "Em paz com você mesmo? Mas o que eu tenho a ver com as suas culpas?", ele me perguntou indignado, como se de repente se sentisse responsável por alguma coisa grave que tivesse cometido e viesse manchando o seu nome pela vida afora.

Vendo-o na minha frente com aqueles olhos inquietos de quem não admite baixeza e quer ver tudo em pratos limpos, tive a certeza definitiva de que o Krem, apesar de ser o mais frágil de todos nós, era o único da turma com coragem e vergonha na cara. Mesmo apanhando, enfrentou o Paulo Louco e desorganizou a marcha daquela noite fria, para depois aguentar a dor em silêncio, gemendo ali sozinho até de madrugada na friagem da cerração.

O que eu queria perguntar a ele era uma coisa que vinha me perseguindo o tempo todo desde a noite em que fugimos do pomar do padre Távora. Bem sei que o nosso coração de menino não seria capaz de entender tudo aquilo que nele se ocultava, mesmo tendo de conviver com o espantalho da verdade quando um dia chegasse a hora amarga das revelações.

Olhei firme nos olhos dele, mas de novo faltou coragem para voltar no tempo e remexer no passado. Ressabiado, o Krem continuava sem saber por que eu precisava tanto dele para ficar em paz com a minha consciência. Tentei desconversar para acalmá-lo: "Chamei você, Krem, como poderia ter chamado qualquer um de nós... Você, o Frangão ou até mesmo o pobre do Cabelo" — que depois da invasão daquela noite passou meses usando camisa de manga comprida para esconder os lanhos que o cinturão do pai havia aberto em seus braços. Expulso do Arnaldo Barreto, o pai só lhe permitia entrar em casa se ele trouxesse, à noite, o dinheiro para comprar a comida do dia seguinte.

Por isso o Cabelo viveu uns tempos largado nas ruas, comendo o que sobrava no balcão do bar do Miranda, onde ajudava a lavar o salão de bilhar e varrer o corredor da copa, depois do expediente. Até o dia em que o Paco o levou para engraxar sapatos em frente ao portão do Horto Florestal, e ele nunca mais voltou para a escola.

Depois, como amigo, lembrei ao Krem as muitas vezes em que ele ia ajudar o Cabelo a dar um capricho no brilho das botinas dos soldados do canil da Força Pública, principalmente aos domingos, quando o serviço apertava. Ele se animou e me disse que, naquele tempo, o Cabelo não desgrudava da caixa de engraxate nem mesmo quando ele o chamava para caçar pintassilgos na subida da Pedra Grande, ali no Horto, atrás da casa do guarda, onde os bugios não faziam tanto barulho e a passarada descia aos bandos.

"Tudo por medo do pai, que batia nele e nos irmãos por causa da vida errada que eles levavam", o Krem completou, para dizer que o medo do Cabelo sempre foi outro: o de não conseguir trazer dinheiro para casa e ter de ficar na rua, sem saber onde dormir. E de repente me perguntou por que eu precisava tanto falar com ele. Desconversei dizendo que era por causa da minha revolta com aquelas surras que o Cabelo levava do pai, mesmo ficando o dia inteiro na rua, às vezes sem ter nem o que comer.

"O seu pai também batia em você?", o Krem emendou à queima-roupa, com um risinho de ironia, cheio de veneno.

"Não, meu pai nunca ficou sabendo o que eu fazia fora de casa", respondi. "Lá em casa todo mundo achava que eu era comportado e andava direito por causa da mania dos livros, do gosto de ficar lendo poesia sozinho, decorando palavras difíceis que quase ninguém entendia, para depois ir procurar o sentido no dicionário do seu Joca", expliquei. "Coisa de moleque fresco", ele me disse com cara de maroto. "Isso era o Paulo Louco que gostava de dizer, sem saber direito do que estava falando", acrescentei de um jeito meio rude.

"É que eu ficava em casa, lendo e querendo imitar os poetas revoltados, que escreviam aquelas coisas estranhas. Muitas vezes nem saía para a rua, passava o tempo lá dentro, fechado, só pensando neles, no modo como viviam, eles que também sofriam para escrever, mas nunca consegui entender direito o que eles escreviam, nunca cheguei a escrever nada, ficava só admirando, pensando na vida deles e muitas vezes descobrindo que a vida de alguns deles não estava muito longe da vida que o Paulo Louco levava, perdido à noite, solitário pelas ruas."

"E o seu pai deixava você ficar o dia todo trancado em casa? Ele não mandava você trabalhar?" Fiquei sem jeito e não consegui responder ao Krem, com vergonha de mim mesmo.

3

Foi então que ele me disse que precisava ir embora, não sem antes perguntar se eu não queria ir com ele lá embaixo tomar um café. Eu falei que não podia, que tinha de esperar o resto da cerimônia ali sentado até me chamarem para subir ao palco de homenagens.

Notei que ele estava saturado daquilo tudo, principalmente do palavrório que não tinha fim. "Não é só você que acha isso chato, não", eu disse, para deixá-lo à vontade. E acrescentei: "Veja só a cara dos alunos, ali à esquerda, na primeira fila. Sim, aquela carreira de moças e moços bem ao lado do piano. Veja como bocejam e olham para o relógio. Já não suportam mais", concluí.

Ele observava espantado os gestos largos do professor que discursava voltado fixamente para o reitor, que aliás conversava entretido com a sua secretária, a uns três metros do microfone. O Krem perguntou quem era aquele homem que não parava de falar. Eu lhe disse que era um linguista importante. "Linguista, o que é isso?", ele perguntou, me olhando meio debochado, já de pé, preparando-se para bater em retirada. "Ih, rapaz, isso é uma coisa difícil de dizer agora, melhor você ir tomar o seu café lá fora." Como ele insistiu, tive então de lhe dizer que os linguistas são uns sujeitos tão exigentes quanto o professor João Pedro, lá do grupo escolar. "Falam, falam e só complicam", eu disse.

Para minha surpresa, o Krem tornou a sentar ao meu lado. "Esse homem parece que tem cara de marrudo", foi o que me disse, sem tirar os olhos do orador. "E jeito de quem gosta de bater nos alunos, igual o professor João Pedro, não tem?", perguntou com olhar de desprezo. "Não, não, Krem", tratei logo de tirar isso da cabeça dele. "Ele não dá bolo nem desce a régua em ninguém, só gosta de ficar fuçando de onde vêm as palavras que a gente fala e o nosso jeito de escrever." E tentei justificar: "Olha só como ele fala com cuidado, escolhendo as palavras, parece que está mastigando azeitonas com caroço".

O Krem fez cara de não estar interessado em nada daquilo. De repente, levantou-se sem dizer palavra e deu um tapinha no meu ombro, como se estivesse me dizendo que estava cheio daquilo tudo e louco para ir embora. "Já vai?", perguntei — e, no mesmo instante, sem que ele esperasse, joguei de caso pensado a dúvida que eu guardara comigo pela vida afora: "Depois do tapa do Paulo Louco, lá em cima, na rua Lair, a gente acabou se encontrando mais tarde, por acaso, na saída da rua Bias, lembra?". O Krem disse que não se lembrava. "Foi bem ali na esquina do cabaré da mãe do Êgo, quando eu te disse que o Paulo tinha acabado de ser preso pelo Xisto lá dentro do pomar do padre, enquanto eu, Frangão e Chico André escapamos pelos ciprestes da rua Eduardo, não está lembrado?"

"É verdade! Agora me lembro. Mas o que tem isso?", ele perguntou.

"Tem que você nunca confirmou uma coisa que me contou pouco antes da gente entrar em fila pra começar a marcha", eu disse.

"Já sei! O negócio lá do depósito...", ele desconversou. "Pode perguntar pro Cabelo. Foi ele que viu tudo."

"Então é verdade que você estava com ele quando ele subiu no vitrô e viu a mãe do Paulo Louco sentada só de combinação no colo do delegado Pentecoste atrás do depósito de bebidas?" O Krem não esperava a pergunta, mas respondeu com palavras cheias de veneno confirmando a cena e me garantindo que o Cabelo ficou de pau duro na hora e começou a se masturbar ali mesmo, embaixo do vitrô do cabaré. Até agora ouço o Krem me dizendo entre os dentes que teve vontade de jogar tudo na cara do Paulo Louco, depois de ter levado aquele tapa na boca. "Ainda bem que você não falou nada, rapaz", eu disse, pensando no que poderia ter acontecido. "Ainda bem por quê?", ele retrucou antes de ir embora. E com cara de revolta: "Um filho da puta! Isso todo mundo vai saber que ele sempre foi!", e virou as costas.

"Foi só pra você que o Cabelo contou o que viu ali?", tentei perguntar, mas ele não me deu resposta, descendo rápido pela direita, sem dizer palavra nem olhar para trás, a passada leve e o semblante esquivo, com aquela mesma blusa azul amarfanhada e as calças pula brejo surradas, velhas já de quase quarenta anos, em vivo contraste com toda aquela gente bem posta que nos circundava.

Quanto a mim, não sabia de nada e nem sequer desconfiava. Não sabia e não queria saber, mas fiquei matutando ali comigo, enquanto o Krem desaparecia no último lance da escada que dava para o pátio. Fiquei pensando na dona Zina e no que teria acontecido naquela casa se um dia o Paulo soubesse dessa história, ele que chegou até a agredir a mãe e xingar a coitada na frente de todo mundo, numa manhã de sábado, na feira da rua Almeida, quando jogou as sacolas no chão e pisou em cima com os pés enlameados, depois de empurrá-la contra a barraca de queijos só porque ela não podia comprar uma caixa de Catupiry.

Não, não, a dona Zina não tinha jeito de ser uma mulher leviana, dessas que vão com qualquer um a qualquer lugar. Ela trabalhava o dia todo fazendo faxina, e à noite lavava roupa em casa para fora. Até hoje sinto saudade do café com leite que ela preparava, chamando a gente para tomar com pão e manteiga no cercadinho dos fundos de sua casa, nas tardes em que jogávamos bola ali perto, no pátio ao lado do largo da estação.

Ao ver pela janela o Krem correndo lá embaixo em direção à rua me deu vontade de chorar. Senti que com ele estavam indo embora as boas recordações da minha infância. Nunca mais falaríamos do café com leite da dona Zina, nem dos seriados do Fantasma e do Roy Rogers nos domingos do Cine Ypê, nem daquela vez em que acenamos para os jogadores do Corinthians que iam saindo de carro da chácara do doutor Kuber, lá no alto da Serra da Cantareira, para jogar no Pacaembu, depois de uma semana de concentração. Lembro como se fosse hoje o dia em que eu, Frangão, Krem e Paulo Louco saímos na primeira página do jornal *O Esporte*, agachados ao lado do lateral Idário, o Sangue Azul, pouco antes da decisão do Campeonato Paulista do IV Centenário, contra o Palmeiras. Até hoje me comove o recorte amarelecido daquela fotografia.

A gente entrava na concentração pela cerca dos fundos para ver os jogadores fazendo roda de bobinho num gramado inclinado que ficava em frente à pérgola do refeitório. Que alegria quando a bola espirrava para a parte de baixo do terreno, vindo parar nos pés de um de nós! Uma vez o Chico André passou a noite inteira acordado depois de "defender" um pênalti cobrado por Baltazar, num fim de tarde quente de setembro em que o Cabecinha de Ouro, atiçado por Goiano, Carbone e Rafael, chamou a gente para um racha "contra a molecada toda".

Tudo isso me veio à memória por causa da dona Zina, que na parte da manhã lavava as roupas e trabalhava como faxineira na concentração. Por causa dela, o Paulo Louco às vezes ganhava uns trocados dos jogadores engraxando sapatos lá dentro, para inveja de todos nós. Naquele ano, ele chegou até a ganhar de presente, no dia de seu aniversário, uma camisa do Corinthians — não a branca, mas aquela preta, listrada, com o número 8 às costas —, que lhe foi dada pelo próprio Luizinho, o Pequeno Polegar. Lembro que, para nós, a camisa ficou valendo por muito tempo como o brasão da turma, até o dia em que o Paulo Louco a perdeu numa aposta de braço de ferro com um molecão da rua do Horto, que, depois de dobrar o Paulo, vestiu-a por cima da blusa e desembestou para os lados da Fazendinha. Ainda posso ver o Paulo correndo desesperado atrás dele, berrando para que voltasse e, "se fosse homem", topasse decidir aquela bronca "no pé ou no tapa".

Isso tudo ficava agora para trás, tão distante quanto o destino do próprio Krem, e longe, tão longe quanto os nossos mergulhos de domingo nas águas claras da Fontális, o tiro ao alvo nas quermesses da igreja de São Pedro, nas noites frias de junho, as escapadas para as trilhas da Pedra Grande, tudo misturado às tropelias de mocinho e bandido, em cima de cavalos de pau, chapéu à bandoleira, lenço colorido no pescoço, pelas campinas de capim-gordura que ladeavam os trilhos do ramal da Cantareira ali na curva grande da Parada Santa.

Ah, os cortejos de casamento caipira que vinham a cavalo da Vila Albertina para as festas juninas da paróquia, ainda os vejo embaçados pela fumaça dos rojões e busca-pés pipocando no céu e fazendo a gente pular assustada lá embaixo, sem falar na passagem das boiadas que vinham de Osasco para o matadouro de Guarulhos atulhando de chifres e mugidos o portão do Grupo Escolar Arnaldo Barreto — nós todos, presos lá dentro, apavorados, sem poder ir para casa na hora da saída, para aflição dos bedéis, que nos continham de mãos dadas, com gritos que o estrondo dos cascos no asfalto engolia.

Não, o Krem não podia estar com a razão, a dona Zina não era uma mulher leviana. Apesar do ódio que passou a sentir pelo filho dela depois de ter levado aquele tapa na boca, o Krem devia saber o quanto doía no coração do Paulo Louco aquele descuido da mãe com o delegado Pentecoste. O martírio da dona Zina começou ali e nunca mais parou. Agredida pelo filho, que a chamava de biscate na frente de qualquer um, ela quase não saía de casa, a não ser para trabalhar, e mesmo assim sem cruzar o largo da estação, onde temia encontrar o filho e passar vergonha. Eu a vi muitas vezes dando a volta pela linha do trem, ao lado do campo velho do Clube Atlético Tremembé, caminhando até a Vila Rosa para subir pela rua Antônio Pinto, em direção ao armazém do seu Nitola, na Parada Sete.

O Paulo Louco me disse uma vez que ia acertar as contas com o delegado Pentecoste. "Ele não é mais homem do que eu", falou uma tarde lá na garagem de casa. "E além do mais, baixinho e mirrado que é, eu quebro a careca dele lá no bar do seu Miranda, na frente de todo mundo", continuou a dizer, com os lábios tremendo, quase chorando. "Mas antes disso você leva um tiro e vai preso, menino. Tira isso da cabeça", cortou preocupada minha mãe, que escutava nossa conversa enquanto passava roupa na mesinha do vão da escada, ao lado do quartinho de jogar botão.

A verdade é que a vida dele, a partir dali, começou a desandar. Sem afeto em casa, o pai largado pelos bares e com vergonha da mãe, mais apegada aos irmãos menores, Paulo caiu no abandono da vida errada, atraído pelos agrados dos vagabundos do bilhar do seu Miranda, que lhe pagavam sanduíches e, vez por outra, lhe davam alguma peça de roupa usada. Para ele, os tempos da infância começavam a se desmanchar. Várias vezes, encharcado de chuva, foi visto limpando o quintal da casa do Vândio, um viciado que batia carteiras nos ônibus da Zona Norte e costumava reunir ali uma turma de outros vagabundos de mão leve — o Marrom, o Caveira, o Marrecão, o Trinta e Três — para beber e se divertir.

De repente pareceu que me chamavam do palco. Não sei por que imaginei ter ouvido o meu nome. Levantei depressa e fiquei atento, com a beca pronta para vestir. Afinal, tinha entrado tão fundo pelo rastro saudoso daquelas recordações que nem sequer me lembrava mais de estar ali participando da cerimônia.

Só então percebi que ainda não tinha chegado a minha vez de receber aplausos, ao ver em frente ao palco o grupo do orfeão já se perfilando para cantar, ao lado de alguns músicos que testavam seus instrumentos. "O que será agora?", pensei surpreso, lembrando que podia ser a vez do Hino Nacional.

Mas não era. O mestre de cerimônias, pomposo, à frente do microfone, acabava de anunciar que agora começava a homenagem ao diretor do departamento de música, também regente da sinfônica estadual. Iam tocar e cantar uma suíte de autoria dele, "Buriti choroso", seguida de "Rondó dos papagaios", também dele, e só depois — para confirmar a hierarquia, como convém aos acadêmicos — executariam o "Choro nº 3 (Pica-pau)", de um certo Heitor Villa-Lobos...

Percebi então que a patarata da nossa homenagem ficaria para mais tarde. Cheguei até a pensar em sair para ir ao banheiro, agora que dois violinos zumbidores, num ímpeto de velocidade alarmante, vibravam pelo auditório ao encalço do barulho do vento que sacudia as folhas daquele buriti magoado.

Mas, não sei por quê, diante da emoção que se avizinhava, não tive coragem de voltar à triste sina do meu parceiro Paulo Louco. "Que coisa essa vida podia ter de bom?", por certo ele me diria se pudesse estar aqui ao meu lado, nessa cadeira que o Luiz Krem acabou de ocupar cheio de ressentimentos. "Muita coisa, Paulo, muita coisa", eu talvez respondesse, como alguém que jamais esteve na pele dele e nem uma vez sequer ficou sem um prato de comida no almoço ou no jantar, nem nunca soube o que é suportar a friagem da noite dormindo sozinho pelos becos e vãos de cimento, coalhados de goteiras e buracos de rato.

Mais fácil lembrar as imagens do que restou de bom daqueles tempos ingenuamente felizes da nossa infância, quando o Paulo era o centroavante do time da nossa rua, como na tarde em que goleamos os almofadinhas da rua Almeida por 6 a 1, naquele torneio de 1952. Mais cômodo vê-lo ali, correndo para o gol da esquina do posto do Mário Pestana, driblando ao lado do Tide e do Mário Português, para chutar de sem-pulo aquela bola de capotão remendado que o Boxudo nem viu por onde passou. Melhor assim, vê-lo de calções arregaçados, imitando o Luizinho do Corinthians, fintando e arrancando aplausos dos que assistiam da calçada. Muito melhor que lembrar do moleque de recado dos malandros do bar do Miranda, sempre com medo de apanhar do Caveira ou do Vândio por não ter lustrado o sapato deles direito, por ter esquecido de levar cigarros para o salão de bilhar ou deixado de ir buscar no tintureiro o terno listrado que o Pimbolão ia usar nas gafieiras do salão do Horto.

4

O Paulo Louco era, para nós, a força e a coragem que jamais tivemos — nós, que eu digo, tirando o Cabelo e o Krem —, meninos mimados, filhinhos de papai e mamãe, que só buscavam nele a convivência com a molecagem e as safadezas da vida, andando um pouco fora dos trilhos sob a inocência que a idade presumia. Mas isso apenas por algumas horas, fazendo arte lá fora com a garantia da comida e da cama quente, da roupa limpa e do afeto, correndo logo para casa assim que escurecia, sem jamais pensar na sorte daquele amigo que a gente deixava para trás sem sequer perguntar para onde ele ia depois que a noite chegava, largado ali, sozinho, fazendo hora na rua até de madrugada, com medo das bebedeiras do pai e sem nenhuma certeza de encontrar a porta aberta quando voltasse para dormir.

Só hoje, ouvindo as amarguras que o Krem reviveu aqui ao meu lado, pude compreender que, para nós, o Paulo Louco não passou de um brinquedo de ocasião, uma oportunidade para fazermos bonito e bancarmos os durões que nunca fomos. Não que ele não nos causasse medo. Muito pelo contrário. De todos nós, que eu me lembre, ninguém chegou tão longe, seja na briga de rua (onde vale a porrada na boca, o tombo feio no giro da rasteira, antes da cabeçada e do pontapé), seja no quebra-quebra de rixa antiga, daqueles que quase sempre estouram de repente — num intervalo do cinema, em fila de ônibus, no banheiro da escola e até mesmo no roça-roça dos bailinhos, como aconteceu no aniversário da filha do Zé Gazeli, quando o Paulo, barrado na entrada por não ter convite, pulou o muro dos fundos, entrou pela janela do quarto e derrubou o guarda-roupa do velho em cima da cama, num frege que arrebentou com os móveis e acabou com a festa.

Até agora não sei ao certo o que fizeram com ele no estrago daquele baile. Há quem garanta que ele fugiu para a Cantareira e nem foi arrastado para o galinheiro, onde também dizem que o seu Gazeli, homem carrancudo e bombeiro aposentado, encheu a boca do Paulo com merda de galinha para depois mostrar aos convidados que se acotovelavam assustados na varanda da frente. Só o Frangão, que continuou dançando com a irmã do Torradinha na hora do tumulto, não viu o Paulo sair com a cabeça cheia de sangue para os lados da fábrica de enceradeira, ali na curva do escadão que desce para a Vila Rosa, onde chegou vomitando de tanto que bateram nele.

Confesso — antes que os violinos desse "Buriti choroso" me façam adormecer pesado — que é esse o Paulo Louco que marcou a minha vida, o Krem que não me ouça... Perto dele, acho que sou quase nada, apesar das homenagens e dos protocolos todos aqui nesta cerimônia acadêmica. Se não tivesse saído há pouco, o próprio Krem poderia confirmar: ninguém foi mais presente que o Paulo na hora do fecha, sem nunca fazer pose ou mesmo pedir alguma coisa em troca. Ele fazia e saía de cena, escapando ou simplesmente se declarando culpado antes que qualquer um de nós abrisse a boca. Foi ele que, sozinho, assumiu a culpa no pomar do padre Távora, quando o Xisto ainda estava a caminho. Foi dele o berro que assustou o ladrão e o fez correr depois de haver dominado a mãe do Chico André na cozinha, enquanto a gente jogava botão no terraço da casa dela.

Mas foi o gesto de sair atrás do cachorro Joli, que fugiu pelo portão da frente da casa do seu Fortunato, naquela véspera de Dia de São Pedro de 1954, que mostrou para a gente o quanto o Paulo Louco era amoroso e dedicado. Guardo na memória como se fosse hoje, a pequena Clara aos prantos, gritando do portão, "Volta, Joli! Volta, Joli!" — e o bichinho solto, descendo em disparada a rua Maria Antonieta em direção ao largo da estação, como se sentisse pela primeira vez o que era a liberdade das ruas. Revejo o desespero de dona Alice, mãe da menina, beijando-a na calçada, ali na esquina da rua dos Alemães, sem poder fazer nada além de afagar os cabelos louros da filha enquanto, aflita, acompanhava de longe, lá embaixo, aquele pontinho branco desaparecendo na poeira vermelha da estrada de terra que engolia o vulto veloz do cachorro.

Só dei pela coisa quando ouvi os gritos do seu Fortunato alertando o Paulo Louco, que ajudava a molecada a catar tocos no pasto do seu Cassiano para a fogueira da noite daquele 29 de junho: "Não vai, não, menino! A carrocinha vai estar lá no largo pegando os cachorros vadios pra não atrapalhar a procissão de amanhã!". Ele nem bem acabou de falar e o Paulo Louco já estava quase no largo, sem camisa, correndo à frente da molecada, que engrossava a fila a cada esquina, atraindo outros meninos para aquele imenso cordão.

Para quem, como eu, ia quase sem fôlego entre os últimos da fila, essa foi uma aventura diferente. Das calçadas, as pessoas olhavam intrigadas, perguntando para onde ia aquela massa de garotos desgarrados correndo com tanta afobação. Lembro que quando o Joli passou pela rua Maria Francisca, em frente ao campo velho do Tremembé, quase ali no córrego da Santa Cruz, resolvi sair da fila, com medo — outra vez o medo que o Krem nunca conheceu — de ver o cachorro pendurado no laço dos fiscais da carrocinha, ou até mesmo atropelado por um daqueles velhos caminhões Reo que subiam a Maria Antonieta em marcha reduzida, abarrotados de terra vermelha.

Eu já tinha resolvido ir embora para casa sem olhar para trás, quando de repente vi o Cabelo voltando para buscar, por ordem do Paulo Louco, os estilingues que escondíamos no porão da casa dele. "E o Joli?", perguntei aflito, enquanto tentava emparelhar com ele na subida, pensando no pior. O Cabelo me disse que o Paulo tinha levado uma chicotada de laço na cara ao tentar arrancar o Joli da mão do fiscal. "E agora?", perguntei, enquanto ele se aproximava da folha de zinco que protegia o portão do pardieiro em que o Paulo morava. O Cabelo só respondeu quando pôs as mãos nos estilingues escondidos debaixo do tanque, pedindo que eu voltasse com ele e ajudasse a levá-los. "Agora o rolo está formado", ele disse. E acrescentou: "O homem quis pegar o Paulo e levar pra delegacia, mas a molecada cercou a carrocinha e começou a gritar: 'Solta o Joli! Solta o Joli!', enquanto as pessoas saíam da estação, dos bares e das casas mais próximas pra ver o que estava acontecendo no meio de toda aquela gritaria".

Não tive como negar o pedido de ajuda e enchi os bolsos de estilingues. Só percebi o tamanho da confusão quando vi o Paulo Louco preso lá dentro da carrocinha com o Joli no colo, no meio da cachorrada que latia alvoroçada, enquanto os moleques se embolavam na frente da viatura, bloqueando o caminho. Foi aí que o Cabelo começou a distribuir os estilingues para estourarmos os vidros do para-brisas e atrairmos os dois homens para fora. Por sorte, o Chico Meche e o Joaquim Puligrama pularam na frente para espalhar a molecada, arrastando os mais atrevidos para a barbearia do seu Miúdo até que o frege acalmasse. "Pra casa, moleques! Já pra casa!", berrava inflamado o velho Puligrama num breve momento de lucidez — coisa rara naquele pobre lunático que todos se acostumaram a ver rondando pelos becos do largo a orientar o trânsito com gestos solenes e marciais, ou até mesmo na feira das manhãs de sábado, discursando exaltado em frente à barraca da carne, reclamando da roubalheira dos preços e pedindo às pessoas que deixassem de comprar "para que essa gente tome vergonha na cara e deixe de explorar o povo".

Começava a escurecer quando parei no portão de casa, quase chorando, só de pensar que tinham levado o Paulo Louco para a cadeia e que a Clarinha nunca mais ia poder ver o Joli. Isso sem falar do medo que eu sentia — o Chico Meche, amigo do meu pai, decerto ia contar a ele que me viu distribuindo estilingues lá no meio do barulho. Por isso resolvi não entrar e fiquei zaranzando pela calçada, até ser atraído pela algazarra que começava a engrossar na esquina da rua dos Alemães, em frente à casa do seu Fortunato.

Já tinha ficado noite, mas mesmo assim pude distinguir de longe, entre as vozes que subiam, os gritos do Frangão e do Cabelo misturados ao alvoroço da dona Alice, que saltava de alegria com a Clarinha no colo. "O Joli voltou! O Joli voltou!" Chispei para lá e cheguei a tempo de ver o Paulo Louco entregando o cachorro para a menina, que beijava o bichinho na cabeça e nos olhos, acariciando o focinho malhado diante de todos nós, sem se importar com as lambidas molhadas que ia recebendo pela carinha redonda.

Tentei falar com o Paulo Louco para saber como ele tinha escapado daquela encrenca sem largar o Joli, mas foi em vão. Nem bem me aproximei e o seu Fortunato, já embalado por alguns vermutes, agarrou o Paulo pela cintura e o levantou aos ares, rodopiando com ele até escorregar na calçada e se estatelar por cima do nosso amigo bem ali na frente do portão. "Que é isso, Fortunato?", gritou dona Alice assustada. "Já bebeu? Não vai machucar o menino da Zina, logo agora que ele trouxe o Joli de volta pra nossa filha."

"Eu, bêbado? Você parece que não me conhece, Alice", disse o seu Fortunato, meio sem jeito, num tom falsamente indignado, enquanto se levantava aprumando as calças. "Vocês nunca me viram trançando as pernas na rua, e não vai ser agora, depois de trinta anos de repartição, que vou virar cachaceiro."

Seu Fortunato disse isso e saiu desengonçado para o terreno baldio onde a fogueira estava sendo montada. "Amanhã eu ponho fogo em Tremembé! Vai ter quentão e batata-doce! Pode avisar o padre Távora que vai ter casamento caipira, com sanfona, rojão e busca-pé! E viva São Pedro!", gritava, assanhando a molecada que corria em volta, atiçada pelos latidos do Joli. Ele falava e ia amontoando os tocos de pau seco que passamos a semana inteira recolhendo pelos barrancos e ribanceiras que ladeavam os trilhos do ramal da Cantareira, ali perto da chácara dos Murari.

Dona Alice olhava aquilo tudo de longe, por detrás do portão fechado, com a filha ainda no colo. O alvoroço corria solto quando alguém perguntou pelo Paulo Louco, que de repente sumira no meio daquele banzé. Frangão e Cabelo, ocupados com os tocos, só pensavam em aprontar a fogueira para poder levar para casa o pote de canjica que o seu Fortunato prometera aos que achassem os tocos mais gordos. "Não vi o Paulo aqui embaixo", me disse depois o Frangão, pensando que ele estivesse tomando café na casa da dona Alice, em recompensa pelo ato heroico daquela tarde.

Então subi de volta para a esquina. Olhei para a rua vazia e quase escura sob a luz mortiça dos postes enegrecidos, e nada do Paulo. Numa hora dessas já devia estar longe, como fazia toda vez que se via cercado de muita gente. Não sei se por timidez ou vergonha, ele sempre saía de cena quando chegava o momento de comemorar. Gritei do portão e perguntei por ele à dona Alice. "Por aqui não passou", ela me disse. "Nem pra vir buscar o pote quentinho de canjica que deixei pronto no forno pra ele."

Fiquei olhando sem saber o que dizer. "Vai ver voltou

para o mato atrás de mais cipós pra amarrar os tocos", ela foi me falando enquanto abaixava a vidraça contra a friagem da noite que descia da Cantareira. "Um mal-agradecido! Isso é o que ele é", disse a mãe do Frangão, que chegava trazendo para dona Alice uma bandeja de doces para a noite da fogueira. "Se não fosse pela Alice, eu largava mão dessa gente, ele, o pai, os irmãos e aquela sem-vergonha da mãe dele", ela disse. "Nem pra festa eu convidava. Gente à toa. Onde já se viu...", resmungou, entrando de cara feia e torcendo os lábios como se tivesse posto na boca alguma coisa estragada.

Tive vontade de responder, mas o veneno daquelas palavras ficou latejando na minha cabeça de moleque bisonho. E, depois, quem era eu para ralhar com a dona Miquelina, gordalhona emburrada de buço peludo, capaz de soltar agudos mais altos que os do velho Danglares, o veterano tenor do coro da igreja de São Pedro nas missas de domingo? Ainda hoje me arrependo de não ter falado para aquela mulher tudo aquilo que tive vontade de dizer na indignação dos meus doze anos. Engoli seco e bati para a casa do Paulo Louco, antes que a minha mãe chegasse trazendo prendas para a festa e me visse ali na rua fazendo hora.

5

Poeira no vento, é tudo o que restou daquela tarde desmanchada pelo redemoinho da vida. O triste é que, por mais que me esforce, ainda hoje não consigo me esquecer do choro abafado da irmã do Paulo, debruçada atrás dos panos da janela da frente, enquanto o pai xingava e batia nele por voltar para casa de mãos vazias. Talvez ela chorasse com pena do irmão, que se debatia lá dentro tentando se livrar das garras daquele homem. Mas nada impedia — como não fui capaz de compreender então — que ela também chorasse pela vida que lhe roubavam, pelo desespero de não poder ser gente, o dia inteiro trancada naquele pardieiro, vendo a mãe esfregando o chão ou fazendo faxina nas casas da vizinhança, lavando e passando a roupa dos outros, numa sina tão diferente das meninas do colégio Santa Gema, a quem todo dia, daquela mesma janela, ela via subindo em direção à escola em seus uniformes azul-marinho.

Só então pude entender o que o Paulo me disse mais tarde, quando conseguiu escapar pelo muro dos fundos, a camisa toda rasgada, cheio de marcas de sangue pisado no rosto e nos olhos. Nós estávamos lá embaixo no largo quando os sinos da igreja de São Pedro deram onze horas. O último trem já tinha subido para a Cantareira, o bar do Miranda estava quase fechando, não havia ninguém no ponto do ônibus 77 e as luzes do Cine Ypê já estavam sendo apagadas. Apenas o velho Joaquim Puligrama, perseguido por um bando de cachorros famintos, se arrastava pela calçada da rua Pedro Vicente vociferando contra os fantasmas que o atormentavam. "Se cruzar o meu caminho, eu meto fogo nos cornos!", gritava, como se espancasse vultos que só ele enxergava. "O Xisto que vá buscar o rabecão, está compreendendo? Eu passo fogo no meio dos cornos!", repetia, esbravejando com os olhos esbugalhados e girando para todos os lados.

Naquela noite eu conheci um outro Paulo. Olhando nos olhos dele, não sei por que tive a impressão de que aquela era a última noite que ele passava em Tremembé. "Se a minha mãe não fosse a vagabunda que todo mundo sabe que é", me disse de repente, mordendo os lábios, "ainda dava pra tentar ajudar em casa e pôr o velho na rua, mas desse jeito, sentando quase com as pernas de fora no colo daquele careca nojento...", prosseguiu quase sufocado, com as mãos nos olhos e a cabeça baixa, como se tentasse esconder de mim a vergonha de ter chorado.

"Você não pode falar isso da sua mãe", tentei rebater para mudar o rumo da conversa, repetindo ali para ele, sem perceber, as mesmas coisas que minha mãe dizia em casa em defesa de dona Zina. "Uma sofredora que nunca abandonou os filhos e sempre mereceu respeito", era o que ela falava para nós quando via lá fora alguém da vizinhança olhando de lado e fazendo pouco caso daquela mulher. "Ela corre feito uma doida e não enjeita nenhum tipo de trabalho pra garantir o feijão no prato dos filhos", dizia minha mãe, num tom de quase revolta. "E tudo isso pra quê?", perguntava, dirigindo-se a mim, como se exigisse uma explicação. "Pra chegar em casa, de tarde, e encontrar aquele marido bêbado, largado no chão da cozinha, depois de quebrar a louça e arrebentar as panelas, para o desespero das crianças, que ficam ali chorando." E ainda, como se alertasse para a minha própria sorte: "E você fique longe daquele safado do Paulo, que, em vez de ajudar a mãe, fica vadiando pra lá e pra cá, humilhando e xingando aquela coitada".

Nunca revelei ao Paulo que minha mãe não gostava dele, por isso sempre escondi o quanto me custava escapar de casa para sair com a turma. Pensei nisso depois que ele me fez aquele desabafo sobre a mãe, coisa que ficou vibrando na minha cabeça como um testemunho de confidente, o que me transformava agora no único amigo a merecer sua confiança para guardar um segredo tão delicado, sem que ele desconfiasse que eu fingia o tempo todo não saber de nada, apesar de ter forçado o Luiz Krem a dividir comigo o prazer malvado de bisbilhotar aquele tropeço da dona Zina.

Já era quase meia-noite quando, subindo de volta a rua Maria Antonieta, o Paulo parou em frente ao campo velho do Tremembé, atraído por um ponto de fogo aceso lá em cima, perto da beirada da pedreira que ficava atrás do gol dos fundos, naquele mesmo em que o Zinho tinha acertado um pelotaço na trave do goleiro Gilmar num domingo inesquecível em que o Clube Atlético Tremembé empatou com o Jabaquara em fins de 1950.

"Você está vendo lá em cima, aquela fogueira acesa?", ele me disse. "O que tem?", perguntei distraído, já acelerando o passo para encarar a subida na esquina da rua Maria Francisca. "Tem que a molecada está lá no alto esperando balão. Vamos subir até lá." Na pressa de voltar para casa antes que minha mãe chegasse da festa do seu Fortunato, eu nem mais lembrava que aquela era a noite que fechava o mês de junho, quando os balões cortavam o céu estrelado voando meio apagados e vindo de muito longe, depois de sobrevoar os matagais de Guarulhos e Vila Galvão e passar flutuando sobre os capinzais que cercavam o bosque de eucaliptos ali por trás do sanatório do Jaçanã.

Ao ver a animação do Paulo correndo lá embaixo, lembrei das vezes em que ficávamos na pedreira até tarde da noite, olhando para aqueles descampados da Zona Norte, num tempo em que ainda era possível ouvir o apito do trem de Guarulhos entrando na estação Vila Mazzei, misturado às luzinhas amarelas que tremiam no horizonte embaçado das casas distantes, entre um ou outro reflexo dos faróis dos carros perdidos na neblina. "Não fica aí parado, desce logo!", ele gritou, correndo em direção à linha do trem que passava pelo lado esquerdo do campo. Foi quando escutei, bem em cima de nós, o chiado das mechas de um balão careca de padre perdendo altura rumo ao aterro da Vila Rosa. Era dos grandes, de umas duzentas folhas, piscando de vermelho e verde na escuridão da noite, todo azulado no bojo que ainda rebrilhava, quase apagado, o breu pingando pelas bordas do arame da boca. Cheguei a me virar para seguir o Paulo, que já ia longe acompanhando o balão, mas recuei assustado, com medo de perder a hora e ter de dormir no paiol ao lado da casinha do cachorro, depois de acertar as contas com meu pai. Só de pensar nisso, eu ficava gelado: meu pai ali sentado, fumando, me esperando de correia na mão; em seguida, o colchão velho atulhado de tranqueiras e o alpiste caindo em cima da minha cabeça toda vez que os passarinhos se alvoroçavam nos coxos das gaiolas que pendiam do teto.

Não andei cinco metros e ouvi passos de gente que descia apressada ali perto do portão do velho Schultz. O coração gelou quando reconheci a voz do meu pai conversando preocupado com seu Fortunato, vasculhando todos os cantos da escuridão ao lado de um outro homem que não cheguei a distinguir, mas que carregava uma espingarda no ombro.

Foi o tempo de pular no mato e desembestar pela trilha do pasto do seu Cassiano. Os passos foram então se afastando para os lados da estação, até se misturarem ao marulho das águas do córrego ali na ponte da Santa Cruz, bem na esquina do antigo Cine Alfa. Eu mal podia respirar quando avistei lá embaixo o Paulo num bolo de moleques trepados no muro da fábrica de enceradeiras, a três metros do careca de padre, que despencava em silêncio antes de bater no chão e ser varado por uma chuva de pedras e tijolos que voavam de todos os cantos.

Pouco me lembro do que aconteceu depois, a não ser de um ou outro fiapo de imagem nebulosa que esvoaça pelos meus olhos nas noites de insônia. O que posso dizer é que do careca de padre só ficou o arame da boca retorcida. Do resto, só retalhos de papel rasgado e fuligem ali no meio dos gritos e empurrões dos que se recusavam a ir embora de mãos abanando. Briga leve, mas às vezes sem hora para acabar. Naquela noite, por sorte, foi só rolo de tapa e xingo, porque o bolo logo se dispersou no rastro de um balão charuto carregado de lanternas azuis que passava baixo, perto do bosque do Recreio Holandês. Pelos cálculos do Boca, aquele balão não chegava na Parada Sete, já que o vento era fraco e a ponta empinava para todos os lados.

Vendo a molecada descer o barranco e cortar caminho para a rua Antônio Pinto, decidi voltar para casa, pensando no que podia me acontecer quando chegasse. Mas fiquei desnorteado quando o Paulo Louco me puxou pelo braço, dizendo que aquilo era covardia. Sem jeito, tentei explicar a situação, e falei do meu pai e dos dois homens me procurando na rua escura, além do susto com aquela espingarda pendurada no ombro de um deles. "Por isso mesmo!", ele exclamou, me pondo medo. "Se voltar agora pra casa, teu pai vai te pegar de jeito. E depois" — ele emendou, empolgado com o brilho azulado das lanternas do balão charuto que agora passavam balangando acesas a uns dez metros das nossas cabeças — "o combinado era a gente subir pra beirada da pedreira e ficar lá em cima esperando balão com a molecada e assando batata-doce no fogo até o dia clarear."

Tentei explicar a ele que o meu medo era bem maior que tudo aquilo, mas ele voltou a me chamar de covarde. "Por que esse cagaço agora, logo hoje que tem balão chumbando de todo lado?", perguntou. E depois, me puxando outra vez pelo braço, olhando para os pontos azuis que o céu iluminava no horizonte: "Olha praquilo, rapaz! Está vendo ali, bem em cima do capinzal da Invernada? Aquelas duas luzinhas brilhando? Consegue ver? E lá no fundo, à direita, quase na linha do hospital do Mandaqui? Não está vendo? Tem mais quatro ali, rapaz!". E completou: "É tudo balão grande que vem chegando. Se olhar direito, tem mais de dez. E vêm todos pra cá! Olha bem pra tudo isso e deixa de ser medroso!", ele falava, não sem tirar de mim aquele olhar desconfiado de quem sabia que eu não prestava para grande coisa.

Tive certeza disso quando o vi cuspir de lado com aquele risinho de caçoada que costumava dar sempre que queria rebaixar os outros. Foi ali que ele disse, esbarrando a mão tostada de fuligem na minha cabeça: "Vai embora, vai! Vai pra casa! Você não vê a hora de chegar lá pra tomar porrada. É isso que você quer. Vai pra casa que já está muito tarde pra você ficar na rua". E na mesma hora, sem esperar resposta, virou as costas e saiu andando em direção ao Boca, que, parado um pouco adiante, na beira do barranco, olhava desanimado para as lanternas do balão charuto, que começava a afundar em silêncio por detrás dos ciprestes do colégio Santa Gema.

Foi quase chorando que comecei o caminho de volta para casa, engasgado naquela humilhação. À medida que caminhava, eu ia remoendo a certeza de nunca mais poder voltar para a rua como segundo chefe da turma — o que para mim era triste, mas não era tudo. O pior era me ver longe daquela vida livre, andando e correndo solto para onde bem entendesse: sair de noite, ir nadar na Cantareira, tirar o cavalo do seu Henrique da cocheira para montar em três na garupa pelas vielas do Guaraú; voar para os mergulhos nas águas claras da Fontális, depois de ter pulado mana-mula no intervalo do cineminha da igreja, onde aos domingos a gente ia ver pela televisão o Corinthians jogar no Pacaembu.

E pensar que, até então, para o Paulo Louco, covarde era apenas um, o Luiz Krem. Só eu sei o que o Krem passou nas mãos do Paulo, enxotado, afastado de todos, sem poder jogar no time da rua nem trocar figurinhas com a gente, sempre fora das rodas de pião e das parceiradas nos jogos de bolinha de gude que organizávamos depois das aulas ali no aterro do circo Picanço. Não, eu não podia me ver nesse degredo, e, enquanto subia de volta para casa, ia imaginando uma forma de sair daquilo. Me animava com o caso do Boca, que, depois de levar um pontapé do Zé Bicho num jogo contra a turma da rua Albertina, se recusou a dar o troco que o Paulo Louco exigia e ficou mais de um ano na geladeira, só assistindo de longe, sem sequer poder bater bola com o time por ser considerado medroso.

É verdade que o Boca não era o Krem, que aguentava tudo calado, sem estrilo e de cabeça erguida. Mas mesmo passando por covarde, o Boca não sossegou enquanto não dobrou aquela bronca do Paulo Louco, coisa que só conseguiu quando furou o pneu do carro do delegado Pentecoste no dia do casamento do irmão do Torradinha. Moleque solitário, esse Boca. Criado sem mãe e filho do padeiro Miguelão, passava o tempo inteiro cuidando da casa e do galinheiro, enquanto o pai descansava da lida das madrugadas, quando, ainda escuro, saía para acender os fornos da padaria Cantareira, em frente à farmácia do Teodomiro. Só de tarde, durante o sono do pai, é que ele descia para a rua e vinha procurar a gente, assobiando de porta em porta, para saber a que horas a turma tinha combinado de se encontrar.

Naquela noite, subindo de volta para casa, eu não aguentava de inveja ao pensar no Paulo Louco e no Boca varando a madrugada com a turma lá em cima na pedreira esperando balão, quando os dois voltaram a ser amigos. Só acreditei nisso quando, a caminho da escola, o Frangão me disse que o Boca estava escalado no meu lugar no time para jogar contra a turma da rua Pedro no sábado seguinte.

Foi a partir daí que a minha vida mudou. Depois da coça que o meu pai me deu, ali mesmo no portão da frente de casa, não pude mais sair para a rua. Com os exames de admissão se aproximando e a revolta da minha mãe com o falatório da vizinhança, que me apontava como um caso perdido entre os arruaceiros do bairro, fui obrigado a mergulhar nos livros e esquecer aquela vida.

6

Durante o tempo em que fiquei estudando trancado no meu quarto, eu pensava exclusivamente em história, geografia, português e matemática. Nada mais. Sair, somente para a casa do Mário Ono, onde eu ia fazer exercícios com frações e números primos, calcular o máximo divisor comum e outras coisas que até hoje nem gosto de lembrar.

Do mundo lá de fora, só uma ou outra notícia, como a daquela tarde em que o Frangão apareceu em casa para me trazer a medalha da final do campeonato, vencida pelo nosso time contra os garotos da rua Porto Novo. "O Paulo Louco mandou te entregar pelos três gols que você marcou quando ainda jogava com a gente", ele me disse meio sem jeito e um pouco assustado ao ver que minha mãe não se afastava um minuto da nossa conversa. "Medalha, medalha! O que vale uma medalha como essa?", ela me perguntou irritada depois que o Frangão saiu. "Quero ver ganhar a medalha de honra ao mérito na escola e passar nos exames de admissão, isso sim eu quero ver", ela continuou falando depois que me despedi do meu amigo no portão.

Mas naquele momento eu não pensava em nada daquilo que ela dizia. Queria saber dos meus amigos, de como tinha sido o último jogo, o que eles andavam fazendo, que coisas novas estavam planejando. Só quando fechei o portão e comecei a subir as escadas para o quarto é que descobri que, para mim, aquilo tudo era passado. Minha mãe me esperava lá dentro, ao lado da mesa em que eu estudava, com uma sacola nas mãos. Dentro dela estavam a bola, minhas camisas de jogo, dois pares de tênis velhos, o calção preto do time e o gorrinho listrado que costumava me dar sorte nos jogos mais difíceis. "Está vendo isto aqui?", ela me disse contrariada. "Vai tudo para o lixo!" E sem que eu esperasse, emendou quase chorando: "Me dá aqui esse pedaço de lata que você ganhou na rua com esses moleques sem juízo que só dão tristeza e vergonha para a família".

Uma chicotada. Foi o que senti ao ver a medalha sumir no meio de toda aquela tralha que ela ia levar para não sei onde, ameaçando queimar tudo se me pegasse jogando bola na rua de novo. Pensei por um momento na alegria que senti ao marcar o gol que me valeu a medalha, contra a turma da rua Conchília, na véspera de Natal. Eu vibro até hoje. Não esqueço a imagem do Dado cortando aquela bola que cruzava na frente da nossa área, bola que ele dominou e abriu rápido para o Tide na direita. Ainda posso ver o Tide centrando para o Paulo Louco, que driblou feio o beque gordinho que vinha lotado para cima dele. Foi quando eu dei sinal fugindo pela esquerda. O Paulo me entregou na medida: peguei um sem-pulo de primeira que o goleiro está procurando até agora...

Uma pequena lembrança de uns poucos segundos, é verdade, mas que nunca vai sair da minha cabeça. Ao mesmo tempo, foi nessa hora que pude ver que, com medalha ou sem medalha, a vida livre lá fora, na rua, ao lado deles, já era parte de um mundo que começava a morrer para mim, e que agora eu só podia enxergar pela vidraça, com os olhos tristes da saudade.

De mais a mais, o tempo correu depressa. Eu entrei para o ginásio, o bairro foi mudando, luzes fosforescentes passaram a iluminar a escuridão silenciosa das ruas, o asfalto sepultou os campinhos de terra, ônibus novos chegavam roncando cada vez mais alto ao lado dos carros que se multiplicavam, levando para muito longe o repicar plangente dos sinos da igreja de São Pedro.

Até que um dia derrubaram a porteira do trem que cortava o largo da estação. Certa manhã, quando eu ia para o ginásio no trem das seis e vinte, ouvi o cobrador dizer para o seu Almeida, sentado à minha frente, que o trem da Cantareira ia ser desativado. "É o progresso, Almeida, é o progresso. Todos estão falando da estação lá no escritório. No lugar dos trilhos, dizem que vão pôr ônibus para a Invernada, o Horto Florestal e a Cantareira", ele contava acabrunhado para o velho palestrino, que nem parecia dar ouvidos, o nariz enterrado na primeira página da *Gazeta Esportiva*, a vibrar com a imagem de Liminha e Canhotinho abraçados no ar, enquanto a bola estufava as redes do goleiro Muca, estendido dentro do gol da Concha Acústica, aos pés de Nena e Brandãozinho.

Na saída tentei confirmar a notícia com o seu Manuel jornaleiro, um senhor português de olhos claros, baixinho e atencioso, que percorria os vagões descendo em cada estação com uma enorme pilha de jornais sustentada no peito por uma grossa correia de couro que lhe pendia dos ombros. Mas não cheguei a tempo de alcançá-lo, vendo-o descer na estação Mandaqui e desaparecer por entre os passageiros que aguardavam na fila esfregando as mãos.

O trem seguiu para a estação Santana sem que eu me livrasse da tristeza que tomou conta de mim ao imaginar a maria-fumaça partindo de uma vez dos trilhos e capinzais da Cantareira da nossa infância. Baixei a cabeça e permaneci um bom tempo em silêncio, quase chorando. Igual a esse, só o silêncio tenebroso das aulas de latim, quando o professor Bauer, com cara de poucos amigos, escrevia na lousa aqueles complicados exercícios de tradução: "*Taurus tutan-*

tur cornubus, feminae lacrimis; dormientibus non sucurrit jus; hodie mihi, cras tibi" — e por aí afora, frases todas que ele ia lendo pausadamente para, de repente, com voz amena mas dedo em riste, mandar que um dos tantos apavorados da classe fosse ao quadro-negro traduzir o significado daquilo tudo.

Lembro que muitas vezes — de medo e de saudade — eu voava para muito longe da aula, viajando de volta aos tempos em que sequer desconfiava da existência dos pastores da *Eneida* ou das reflexões filosóficas do velho Cícero, tão amado pelo nosso devotado mestre. Para mim, mais importante que tudo isso era o apito da maria-fumaça ecoando solitária pelos descampados da Cantareira, sobretudo agora — eu lembrava desolado — que ela estava partindo de uma vez por todas.

É que, sem o apito do trem, a Cantareira morria para os nossos sonhos, como morriam as flores e as árvores, os domingos e os dias santos, as madrugadas e os fins de tarde em que a vizinhança toda conversava lá fora, as cadeiras ao ar livre, enquanto a gente brincava na calçada. Sem o apito do trem, era como se o sol deixasse de brilhar no largo da estação, já coalhado de carros invadindo sem a menor cerimônia a pequena e a grande área, o círculo central e a marca do pênalti, buzinando estrepitosamente bem em cima de onde fora um dia a nossa linha de gol, agora toda manchada de freadas de pneus que sepultavam para sempre a alegria das nossas vitórias nos tantos jogos que ali disputamos.

Sem o trem, parecia que também morriam os heróis da nossa infância. O bar do seu Miranda em breve fecharia as portas para virar casa de móveis. E a barbearia do seu Miúdo? O Salvador? O Gualicho? E o Chico Pinho, ali ao lado do bar do seu Henrique, onde comprei lápis e borracha para o meu primeiro exame no Grupo Escolar Arnaldo Barreto? O que dizer do Pasqualino? Para onde foi o ardido Pasqualino, a irritar o tempo todo a trêmula navalha do Fúlvio Pinguça, para desespero do cliente indefeso na cadeira?

Ah, quantas vezes levávamos para a calçada as cadeiras do salão do Chico Barbeiro, na curva da rua Pedro Vicente... Nós ficávamos lá esperando o ônibus, comodamente sentados, para então seguirmos viagem, largando as cadeiras ali mesmo, abandonadas na calçada, sob os berros do Chico, que corria atrás do ônibus com a navalha toda ensaboada nas mãos, batendo na janela. No dia seguinte, uma garrafa de vinho Salton lavava qualquer ressentimento, e os olhos vermelhos do barbeiro se enchiam de ternura, como se ele tivesse ganhado na loteria.

Mas o trem — eu pensava —, por que logo ele é que tinha de ir embora, justo ele que alegrava a vida de toda a gente? Com o trem, era como se as chegadas e partidas sempre nos trouxessem uma outra razão para seguir adiante, enchendo de sentido aquele alvoroço que animava as horas. Pardais voavam tentando escapar das fagulhas, cachorros latiam correndo atrás dos vagões, pessoas acenavam das janelas, enquanto a fumaça parecia embalsamar a aparência do largo, como que suspendendo por instantes, num repente, medos e tristezas engolidos pelo apito do guarda-chaves liberando a cancela.

Como ficar sem o trem e não ver mais a alegria da gente do povo que era parte da nossa vida? Ainda ouço, na porta do armazém do seu Maneco, ali pegado à venda do Chico Meche, as gargalhadas do Gualicho, rodeado por alguns marmanjos — o Bolão, o Fangio, o Dodó, o Zé Camargo —, pondo fogo no cachaceiro Biguá para que apostasse corrida com a maria-fumaça que subia aos trancos para a estação Parada Sete. O Biguá se animava e desembestava todo torto, a boca deformada pelos beiços repuxados imitando o esguicho sibilante da maquininha — "pfufuuu, pfufuuu, pfufuuu, pfufuuu!" —, e a molecada atrás dele, atiçando — "pega ele,

Biguá, pega ele!" —, até o trem desaparecer na fumaça e entrar na baixada da estrada do Horto, bem na esquina da rua José da Silva, logo depois de passar pela casa do seu Manuel da Turma.

Quanta gente apressada eu vi pular do trem e cair rolando ali na curva do campo velho do Tremembé, e mesmo na rampinha do largo antes da maria-fumaça entrar na estação... Nos dias de festa e feriados, muitos grã-finos subiam para o Parque da Cantareira em vagões abertos e aprumados trazendo turistas estrangeiros e gente graúda para comemorar a Pascoela nos verdes da serra ao pé do remanso dos lagos. Lembro que íamos juntos no último vagão só para ver as meninas da cidade e rir dos sustos que aquelas pessoas levavam ao dar de cara com os bugios que viam da janela, roncando nas fruteiras em busca de comida. Não era difícil o trem apitar para assustar os cachorros-do-mato e os macacos-prego que atravessavam correndo na frente da máquina, que se arrastava vagarenta e quase parando por causa das curvas da subida depois do tope da Parada Santa.

Ah, as chegadas, quanta coisa animava as chegadas do trem da Cantareira! Muita noiva foi beijada ali mesmo no pátio da estação, ao lado da maria-fumaça e dos padrinhos, buquê de flores jogado, vestido arrepanhado pelas damas de honra e muitos fogos, para o desespero da passarada. E tantas foram as excursões do Dia da Árvore, quando esperávamos em fila a hora de partir para o Horto Florestal, lanche na matula, guiados pelo João do Grupo e pelo professor João Pedro, o gordo Aristides levando a bola para o nosso jogo depois da cerimônia e do Hino Nacional, quando líamos as redações premiadas e ouvíamos os discursos das autoridades, ao lado das professoras que nos olhavam compenetradas.

Quando morria alguém, era o apito fúnebre da maquininha que reverenciava publicamente a memória dos que partiam. Lembro de muitas vezes ter visto essas cenas de despedida. Cancela fechada: o maquinista, o foguista e o guarda-chaves esperando em pé, perfilados no estribo da locomotiva, até que o carro funerário cruzasse os trilhos do largo em direção ao cemitério do Chora Menino. Depois, passado o cortejo, vinha o toque de adeus, tanto mais plangente e demorado quanto mais popular fosse o falecido, como ocorreu no dia do enterro do seu Miúdo, com as pessoas chorando e agitando lenços brancos nas calçadas.

7

O Frangão e o Luiz Krem às vezes cruzavam comigo no trem das seis e vinte, o Krem levando na bolsa coisas avariadas que o pai encontrava no lixo, o Frangão com as apostilas e cadernos na maleta, a caminho do ginásio Santana, onde fazia o curso de admissão para a escola técnica. Poucas vezes falávamos das nossas tropelias pelas ruas e becos do Tremembé, e quase nunca nos perguntávamos que fim tinha levado o Paulo Louco. O Cabelo, pelo que sabíamos, continuava engraxando sapatos no portão do Horto Florestal, onde, aos domingos, trabalhava na cozinha de um restaurante recém-inaugurado. "E o Chico André? Que fim levou ele, que nunca mais apareceu?", perguntei ao Frangão, depois que o Krem desceu na estação da rua Alfredo Pujol para tomar o ônibus em direção ao Bom Retiro, onde ficava a oficina de ferro-velho de um parente do velho Saul.

Foi então que fiquei sabendo que o Chico ia embora para o interior. O Frangão tinha ouvido que o pai do Chico precisava de dinheiro para se tratar e não podia mais continuar pagando o aluguel da casa deles, bem ali na esquina da rua Santa Juliana. E depois, segundo a mãe dele, o Chico precisava ser afastado das más companhias, "largando aquela molecada à toa que estava infestando a nossa rua" como nunca tinha acontecido antes.

Aquilo me deixou entristecido porque eu começava a perceber que a história da nossa turma seguia no mesmo rumo da maria-fumaça, o rumo para um tempo sem volta, em que a partida é para sempre e o retorno para jamais. Pensei nisso enquanto olhava pela janela o horizonte distante da várzea da Ponte Pequena, naquela manhã azulada e cheia de sol. Pensei, mas não disse nada ao Frangão. Só depois que ele desceu do trem é que me lembrei da última vez que vi o Chico André. Foi na tarde de 15 de junho de 1958, na casa da minha avó Beppina, na rua Maria Antonieta, enquanto eu estudava biologia sentado numa velha cadeira de vime encostada na sombra, bem debaixo das goiabeiras.

Eu procurava entender o significado das Leis de Mendel, enrolado entre a função dos alelos na determinação do caráter e sua separação na formação dos gametas, para mim um imbróglio que não desatava, porque eu olhava para o caderno mas estava com a cabeça e o coração em Gotemburgo, na Suécia, onde o Brasil jogava naquela tarde contra a União Soviética pela Copa do Mundo. Lembro que os dribles do Garrincha chegavam pelo rádio entrecortados por uma voz que ia e voltava, como se o locutor fosse a cada momento arrastado por um pé de vento que depois o trazia de volta ao microfone, encoberto por ruídos estranhos que pareciam chegar do fim do mundo. Eu já não aguentava mais aquela história de fertilização e células haploides na formação do ovo ou zigoto, quando de repente o Chico André me chama do portão querendo saber se eu podia explicar a ele alguns exercícios daquela coisa complicada.

Assim que pus o caderno e o lápis na cadeira para ir abrir o portão, dei com um rojão passando rasante por cima da nossa casa para estourar lá embaixo, bem atrás do galinheiro do seu Fortunato, espalhando uma fumaceira dos diabos. Só então, enquanto eu e o Chico subíamos, é que ouvimos no rádio os gritos daquele narrador — como que se vingando da ventania que insistia em roubar-lhe o microfone — a berrar feito louco o "go-o-o-o-o-l" que anunciava a primeira bola mandada por Vavá para as redes do goleiro Yashin.

Aquilo foi um pandemônio, com bombas e fogos para todo lado, portas e janelas se abrindo, pessoas se abraçando e dançando na rua como em dia de Carnaval. "É o maior do mundo! Agora quero ver segurar!", gritava quase chorando o seu Cassiano, a pular de botinas na calçada, ao lado do padeiro Miguelão, de avental na cabeça e a camisa toda espicaçada entre um bolo de gente que descia em algazarra para o largo da estação.

Que exercício eu podia explicar ao Chico André no meio daquilo tudo? Quando demos por nós, já estávamos quase no largo, olhando a farra de perto — caderno e lápis, gameta e zigoto, tudo largado para trás, embaixo das goiabeiras.

8

Nunca mais vi o Chico André depois daquela tarde, e já não me lembro da hora em que voltamos para casa. Hoje, a tantos anos de distância, só me recordo que foi a partir daí que comecei a gostar dos livros e a buscar cada vez mais o silêncio e a solidão para poder conviver com eles. É que a avó Beppina, indo lá fora e não me encontrando, decidiu recolher o material e me esperar na janela para dizer, assim que eu chegasse, que eu não poderia mais ficar estudando na casa dela. Para ela, que sempre me defendeu das implicâncias de minha mãe, eu não tinha mesmo vergonha: "*Per me allora no c'è dubbio*" — foi logo me jogando na cara — "*io sono affatto d'accordo con la tua mamma: tu sei proprio un svergognato, un mascalzone, capisce*". Isso me deixou apavorado. Chico André, mesmo sem entender o que minha avó falava, viu que aquilo não ia dar boa coisa e, assustado e sem jeito, foi logo me dizendo que achava melhor ir embora, que já estava tarde, e então foi saindo sem sequer lembrar dos exercícios que tinha me pedido.

O medo de voltar para casa e ter que me explicar com minha mãe me fez prometer à avó Beppina que eu ia passar a noite acordado, fazendo todos os exercícios e decorando aquele monte de nomes estranhos. Não foi fácil, mas depois de algum tempo ela acabou sentindo pena e me deixou ficar estudando ali no quarto, sozinho, em busca de coragem para enfrentar aquilo tudo. Já era mais de meia-noite quando comecei a perceber que, afinal de contas, não havia tanto segredo nos fenômenos biológicos quanto supôs a imaginação vadia dos meus primeiros anos perdidos no ginásio. O curioso é que isso veio sem avisar, como se de repente eu descobrisse uma luz certeira me abrindo a mente do mesmo jeito que os dribles do Garrincha iam abrindo caminho por entre os beques atarantados do time russo no começo daquela tarde agitada.

Cada vez mais perto dos livros, passei nas provas, descobri a vantagem de pensar nas coisas, fui aos poucos me acostumando ao silêncio das bibliotecas e mudando os rumos da vida. Do passado, a não ser saudade, nada mais ficou para guardar. Entre as ruas e os livros, fui ficando fascinado pelos encantos da literatura, pelo universo da poesia e do romance, pela vida de certos escritores, pela riqueza da linguagem que eles criavam, estranha e bela, surpreendente e cheia de vozes capazes de nos revelar que é possível haver coisas mais verdadeiras que a verdade e mais bonitas que a própria beleza, como se o prazer de existir, mesmo que por instantes, pudesse afinal deixar de ser um sonho.

E tudo foi acontecendo num jogo aberto de transformações simultâneas, onde eu podia ser poeta e reinventar o mundo, entrar nos romances e virar personagem, viver como um herói de um tempo que me transcendia, mas que dependia só de mim, das minhas escolhas e preferências, da minha imaginação sempre à deriva e quase nunca ajustada aos limites das convenções. Isso tudo foi me arrastando para uma experiência de vertigens e contradições, e também de sonhos e fantasias que me empurravam para dentro da vida como se fosse possível tirar dela apenas aquilo que me interessasse.

No quarto ano do ginásio, de gazeteiro virei um estranho para os antigos parceiros, aprendi a estudar e me formei com boas notas. Na noite de formatura, fui orador da turma, e ainda hoje me lembro da emoção que senti, logo após a leitura do meu discurso, ao avistar no fundo da sala a cabeça branca do meu avô Ricardo, um velho ferroviário que raramente punha os pés fora de casa. Ele me abraçou com lágrimas nos olhos, sem dizer nada, e foi se retirando a passos lentos, desajeitado em seu terno azul-marinho, de gravata e sapatos novos que o desfiguravam aos meus olhos acostumados a vê-lo trabalhando no dia a dia da estação da estrada de ferro, camisa de algodão aberta e calça de brim amarrotada, com a mesma disposição de sempre, desde os tempos em que entrou para a turma encarregada de abrir à picareta o caminho dos trilhos no ramal da Cantareira.

Nos intervalos de fim de semana, aos sábados, eu assistia aos jogos de bocha no bosque atrás da casa do tio Alexandre. Era um tempo em que aquele grupo de jogadores ainda saía para caçar nas matas da Junção e do Guaraú. Lembro de ficar horas olhando as bolas correrem na pista de areia enquanto os homens, entre um arremesso e outro, iam narrando suas aventuras no mato, armados de espingardas e com cachorros farejadores, entocados debaixo das fruteiras ou de bote armado sob as touceiras dos fios d'água onde as pacas, os lagartos e os porcos-do-mato vinham se refrescar. Com eles desciam os tatus, as lebres, os jacus, os urus, as codornas e os inhambus, que cheguei a ver ainda quentes nos picuás ensanguentados. Eu me divertia, na ingenuidade dos meus quinze anos, com as peripécias daquelas aventuras — os tiros perdidos a dois passos da presa, o desespero de sofrer em silêncio debaixo das fruteiras onde os mosquitos faziam a festa enquanto o bicho não chegava, sem contar os erros de pontaria que muitas vezes acertavam o cachorro e deixavam a caça ir embora.

Ali na bocha, eu me divertia com as tiradas engraçadas do tio Alexandre, seu Mário rolando aos berros na areia num jargão caipira de entonação italianada, seu Arnaldo vindo por trás e batendo com uma varinha nos pés do adversário concentrado no arremesso. Perto dele, só as imprecações macarrônicas do Tuttolongo, um pirulão vermelho da Basilicata que perdia a linha toda vez que errava uma "bota" — "*storta!*" —, chutando tudo o que encontrasse pela frente. E os arrepios do Zé Inglês? E o Padeiro, sempre mastigando mesmo sem ter um dente na boca? E o seu Dito, que beijava as bolas antes de atirá-las, como se beijasse uma moça? Sempre de chapéu, todo empertigado, não errava uma. Ah, nas bolas de rafa o melhor era o tio Miguel, enviesadas e certeiras, o corpo inclinado, quase para fora das tábuas laterais. "Boa, Miguel! Marca seis pra nós!", gritava contente o seu Fortunato, enquanto abanava as mãos na frente do Padeiro, só para arreliar. Já o Padeiro, quando atirava, todo mundo se afastava das margens com medo de ser atropelado por uma bola perdida, das tantas que ele conseguia mandar para o mato toda vez que tentava o bolim.

A bocha ficava no meio de uma capoeira cercada de clareiras e mato ralo, uns quinhentos metros abaixo da chácara do doutor Kuber. Era um recanto ameno e silencioso, e tinha iluminação própria. Nos dias de semana, quando não havia jogos, o local se transformava numa espécie de pascigo esverdeado onde os passarinhos se esparramavam, pipilando até o anoitecer: pardais, tico-ticos, chupins, saíras, canários-da-terra, coleirinhas e até pintassilgos, todos eles misturados num chilreio só, ali naquela algaravia ensombrada pelas sibipirunas amarelas em cujos galhos baixos os tizius davam pulinhos repetidos piando assustados. Lembro de uma tarde, já quase escurecendo, em que o Zé Inglês, fugindo de uma bola louca do Padeiro, deu de cara com um tatu-galinha ciscando enrustido atrás do marcador. Ele havia saltado para evitar o choque e, quando caiu, escorregou quase em cima do bicho, que afundou pelo mato com o Zé Inglês enganchado no rabo.

De onde estávamos, só se ouvia o farfalhar da ramagem em meio à coivara que estalava. "Sai daí, compadre! Cuidado que aí embaixo tem cobra!", gritou o tio Alexandre, pulando as tábuas da pista com uma bola na mão, seguido dos outros homens. No fundo do bosque, só o barulho dos dois desgalhando a capoeira. "O que foi, compadre? O que está acontecendo?", insistia o tio Alexandre, apreensivo. "Um puta de um tatu-galinha, compadre!", berrou o Zé Inglês, todo escangalhado, como se lutasse com um rinoceronte. "O bicho se agarrou num pau e não tem como arrancar daqui!", gritou ofegante e quase sem voz, enquanto lá em cima estourava uma gargalhada geral. "*Macchè tatu, cosa stai dicendo?*", ria desengonçado o Tuttolongo, olhando o Padeiro e o seu Fortunato se enfiarem pelo mato. Num minuto, a bocha ficou vazia e todos foram socorrer o Zé Inglês, menos o Tuttolongo, que ficou fumando sentado atrás do paredão do fundo.

Aquele pobre tatu, se não morreu de "morte matada", por certo morreu apavorado diante de tanta gritaria no fundo do mato. Já estava escuro quando os homens voltaram, o Zé Inglês à frente, com o bicho no colo, todo emporcalhado, a camisa rasgada para fora da calça, aos frangalhos. Os outros, atrás dele, vinham combinando o modo de limpar e assar o tatu, ali mesmo no vão da clareira que contornava a cabeceira da cancha de bocha. O tio Alexandre foi buscar o facão em casa, de onde trouxe panelas, pratos, talheres e toalhas com a ajuda do Padeiro e do seu Dito. Saí de lá bem tarde, mas ainda podia ouvir do meu quarto o barulho e as risadas de todos eles naquele banquete inesperado.

De casa para os livros e dos livros para casa. Assim o tempo foi passando naquela vida incerta diante das pequenas coisas, dos fatos simples do cotidiano — a feira, a missa, o futebol, a macarronada dos domingos —, sempre cercado dos velhos costumes da gente antiga cada vez mais distantes da paisagem que mudava. Do ginásio fui para o colégio fazer o curso clássico, atrás do sonho de ser poeta e advogado, como os jovens românticos da Faculdade de Direito do Largo de São Francisco, no século XIX. Os primeiros poemas chegaram com os primeiros amores, a pequena baliza da fanfarra do ginásio, de sobrancelhas grossas e olhos negros, a mocinha que me sorria na varanda dos Cerri, elegante e graciosa, passos esguios cruzando altivos a calçada do Cine Ypê. Ah, quantas noites escrevendo versos depois de vê-la passar, quantos sonetos, quantas quadrinhas para não serem lidas e muito menos descobertas por quem quer que fosse, nem mesmo minha mãe, porque poesia, naquele meio em que cresci, era coisa de quem foge da vida para ficar cismando em casa, feito menino mimado que não tem o que fazer.

Quanto mais me diziam isso, mais eu mergulhava nas palavras, no destino errante dos escritores que investiam à margem contra a vida consagrada ao êxito e ao progresso da sociedade que os excluía. E de repente, quando dei por mim, o Tremembé já vivia outro tempo.

Eu fazia o curso preparatório quando uma noite, voltando para casa, me deparei com o largo da estação repleto de gente espalhada pelas ruas à espera da comitiva do ex-governador Jânio Quadros, que chegaria em breve para um comício de campanha rumo à Presidência da República. Um mar de vassouras animava os gritos da multidão concentrada ali na curva de onde antes saíam os trilhos da velha porteira. Alto-falantes inundavam o largo de marchinhas de campanha, faixas, fotos e cartazes, parecendo anular a antiga paisagem da praça, como se de repente tudo tivesse trocado de lugar e aumentado de tamanho; como se o bar do Miranda, a barbearia do Miúdo, a loja do seu Henrique, a venda do Chico Meche e o pátio da velha estação tivessem sido apagados para sempre, levando embora com eles as pessoas e as lembranças de tudo o que ali se passou nos meus anos de meninice.

Pela primeira vez, olhando para as ruas e becos por onde dividi meus sonhos com os meninos que farreavam à noite, assobiando para impressionar os incautos, pude sentir a tacanhice que se respirava naquele meio, em que a vida parecia não ter graça e nada, quase nada, escapava ao sentimento de que só os adultos, os idosos e as carolas podiam dar testemunho da verdade. Vendo aquilo tudo e pensando na minha infância, me convenci de ter crescido numa pequena aldeia, que acordava e dormia sob o repique dos sinos da matriz reboando mansamente pelo povoado até alcançar os sítios e granjas para despertar os que produziam a comida e os que vinham trabalhar no comércio e nas casas de família, subindo pelos trilhos e carreiros da Cantareira e do Horto, do Guaraú e da Junção, da Fazendinha e da Invernada.

Aquela noite, surpreendido pelos fogos e jogos de luzes que anunciavam a chegada do candidato ao palanque armado ali perto da venda do Chico Meche, não pude deixar de lembrar de uma outra emoção do passado, quando meu pai nos levou para ver as festividades do IV Centenário de São Paulo, no centro da cidade, em 1954. A luz era muito mais intensa que a de agora, mas havia fogos de artifício e música de banda, tropas desfilando sob uma chuva de confete e papel picado que só terminou quando, pouco depois, começaram a cair sobre o vale do Anhangabaú, aos borbotões, descendo de todos os lados, pequenos triângulos esvoaçantes de papel-alumínio jogados de um avião que voava em círculos sobre nossas cabeças. Para mim, um menino da Zona Norte que ia pela primeira vez à cidade, aquele espetáculo ficou guardado para sempre na memória como se nunca mais pudesse se repetir.

Ah, que contraste com as ruas do Tremembé, tão escuras e silenciosas e sem qualquer encantamento! Como me pareceram velhas quando comparadas com as avenidas da cidade! Naquela noite, lembro do meu pai dirigindo o nosso Packard em direção ao centro da cidade, com meu avô apreensivo a seu lado, enquanto eu e minha mãe, no banco de trás, comíamos chocolate ouvindo em silêncio a avó Beppina rezar com o terço entre os dedos para pedir proteção. Para nós, era quase uma viagem ao coração do futuro.

Quando voltamos para casa, já bem tarde, a excitação era tanta que não consegui dormir direito, a cabeça atulhada de vozes e de imagens inéditas. Ali, pela primeira vez, eu ouvi marchas e hinos e vi cartazes falando da "fibra", do "desenvolvimento", do "orgulho bandeirante", da "cidade locomotiva do Brasil" e outras coisas que me soavam como se o Tremembé da minha infância não coubesse mais naquele mundo que se transformava.

E de um tal modo que, parado agora no largo diante do cenário feérico a iluminar o caminho do futuro presidente do país, senti como se morressem os últimos vestígios ainda vivos nos desvãos mais fundos da saudade. Bem ali na rua da estação, onde o palanque foi montado, por trás dos gestos daquele homem de preto, de óculos grossos e voz quase esganiçada, eu só conseguia enxergar um grupo de meninos consertando a bola de capotão para o jogo da tarde contra a turma da Invernada. Nenhuma das imprecações que ele berrava do palco com os cabelos alvoroçados e as mãos trêmulas voltadas para o céu, nenhum dos brados indignados que ele repetia como se dividisse com o público todo o martírio das dores dos pobres, nada daquilo era capaz de abafar nossos gritos de alegria ao ver ali mesmo, anos antes, bem atrás do palanque, onde então ficava o gol adversário, o Paulo Louco meter uma bola no canto oposto ao do goleiro Peninha e selar a nossa vitória.

O homem berrava e ficava em silêncio, fazendo ameaças estranhas numa linguagem complicada. Na frente dele, a gritaria da multidão, que aplaudia sacudindo vassouras num barulho ensurdecedor. Eu olhava em volta de tudo aquilo e imaginava o formato do campo de jogo ali embaixo do palanque, quase pegado à venda do Chico Meche, pensando no destino do nosso time depois daquela tarde, nos aplausos que vinham das calçadas e da porta do bar do seu Miranda. Onde estariam o Mário Português, o Dudu, o Miguel, o Ramonzinho? E o Paulo Louco, que fez aquele gol, por onde andaria a essas horas? E aquelas vaias depois que o Trinta e Três expulsou o Cabelo, quase no finzinho do jogo?

Na noite do comício, a venda do Chico Meche era apenas o vulto apagado de um velho armazém com as portas arriadas. Ao lado, onde antes brilhava a placa luminosa do bar do Miranda, o que se via agora era o amplo salão de uma loja de móveis repleta de camas, sofás, mesas e poltronas, tudo atulhado em cima de onde antes ficava a curva dos degraus que serviam de arquibancada para o nosso campinho de rua.

Eu olhava aquilo com uma mistura de tristeza e saudade. Constatei de repente que não conhecia mais ninguém e que já nem mesmo sabia como sair dali, aturdido pelas palmas e os gritos que engrossavam o espocar dos rojões. Foi então que olhei para o alto da rua Albertina com a impressão de ter visto, envoltos na fumaça, alguns tipos queridos do passado, igualmente perdidos no meio daquele alvoroço. Eles pareciam conversar entre si para tentar entender o que estava acontecendo. No meio da ventania esfumarada reconheci o Miúdo, o Xisto, o Gualicho, o Manuel jornaleiro e, mais atrás, arrastando os passos, o pobre Biguá e o Joaquim Puligrama, que pareciam não entender nada do que estava acontecendo.

De longe — e comovido por revê-los depois de tantos anos —, fiquei pensando no que poderiam estar discutindo rua acima, pois vi que, enquanto gesticulavam, não tiravam os olhos do palanque de onde o candidato discursava. "Que horas vai acabar esse frege na frente da barbearia?", talvez perguntasse o barbeiro Miúdo, preocupado com as loções e os perfumes que costumava deixar na vitrine, quase sempre sem trancar à chave. Ele não sabia que a barbearia não existia mais e nem que tinha sido vendida ao dono do novo salão de móveis em que se transformara o velho bar do Miranda. À medida que desciam a rua, avistei o Miúdo gesticulando muito e implorando ao Xisto que fosse na frente e espantasse toda aquela gente parada defronte do salão.

Apesar da distância, e vendo o Xisto fardado no meio da turma, tentei imaginar a hesitação do pobre homem, talvez com medo de ter que enfrentar uma situação que nem de longe fazia lembrar os anos pacatos em que manteve a disciplina do bairro como inspetor de quarteirão. "Ali é perigoso, Miúdo", ele diria agora para o gordo barbeiro, enquanto ajustava o colarinho do uniforme. É verdade, havia gente demais, e nem dava para chegar perto da esquina. E depois, se alguém tentasse resistir, quem sabe ele contasse chamar o delegado Pentecoste, porque não estava autorizado a usar arma de fogo, e só com o cassetete não ia dar — continuei pensando comigo. Sim, toda aquela gente podia muito bem se revoltar e ir para cima dele, que sequer desconfiava que o Pentecoste já estava morto havia muito tempo e que nem delegacia existia mais em Tremembé.

Tudo isso foi apenas um vislumbre, mera fulguração de momento, que se dissipou depois que o candidato saiu do palanque nos ombros dos correligionários para ser levado em triunfo em direção ao Horto Florestal. Quando a multidão se dispersou e as luzes começaram a se apagar, olhei de novo para os altos da rua Albertina e já não vi mais ninguém, nem mesmo a sombra daqueles amigos saudosos que a morte levara havia tantos anos.

9

Terminada a execução do "Buriti choroso", o mestre de cerimônias declarou que chamaria ao palco, antes de dar prosseguimento às homenagens, alguns músicos ilustres ali presentes que insistiam em fazer um reconhecimento público ao maestro que havia composto a peça que acabáramos de ouvir. Choveram palmas e assobios por toda a sala, àquela altura repleta de novos convidados e de curiosos. Palavra que pensei em ir embora, sair de uma vez daquela impostação acadêmica que parecia não ter fim. Afinal, até quando eu teria que esperar para ser convocado ao palco e me ver livre daquela patacoada?

Foi assim que, desalentado, peguei no sono e acabei sonhando. Alguém sentado na poltrona atrás de mim batia no meu ombro para dizer, meio sem jeito, que um dos sapatos que eu havia tirado enquanto conversava com o Luiz Krem estava atravancando o movimento de seus pés ali embaixo do assento.

Lembro que, no sonho, eu levantava sem graça para pedir desculpas e puxar o sapato de volta. Mas nem bem acabei de calçá-lo e novamente senti que voltavam a bater no meu ombro. Era o mesmo sujeito, agora com um ar desconfiado, pedindo que eu olhasse um pouco mais abaixo da minha poltrona, onde um estranho embrulho de papel amassado escondia alguma coisa. Baixei os olhos e vi o cabo de uma navalha, de gume curvo meio enferrujado, com a ponta enfiada num chumaço de papel de pão, no qual pude decifrar, em letras tortuosas, uma mensagem a lápis vermelho: "Uma lembrança para o Krem".

De início, fiquei tão intrigado quanto o sujeito que me olhava, cheio de suspeitas. "Logo o Krem!", pensei comigo. "Mas ele tinha acabado de sair e, quando entrou, nem de longe parecia trazer algum embrulho nas mãos..." Recolhi a navalha e fiquei olhando para aquilo meio desenxabido, sem ter muito o que dizer, enquanto o homem seguia me encarando como se quisesse adivinhar o que se passava na minha cabeça. Tratei logo de esconder a navalha, com vergonha de que outros me vissem enfiando aquilo no bolso.

E depois, como levar o embrulho comigo para o palco durante a homenagem? O sujeito persistia em me encarar, como que saboreando todo o meu constrangimento. Até que não me contive e decidi sair para ler no banheiro aquilo que eu tinha mais do que certeza de que não passava de mais uma das provocações do Paulo Louco.

Só lá dentro do banheiro, isolado num canto, pude ver que o meu palpite se confirmava. "Você vai ter que desmentir pra todo mundo que viu o Cabelo espiando a minha mãe no colo do delegado Pentecoste pelo vitrô do depósito", era o que diziam no verso do papel de pão amassado aqueles garranchos espichados, velhos conhecidos meus desde os tempos do Grupo Escolar Arnaldo Barreto.

Ao ler o bilhete, fiquei pensando no sofrimento do Paulo ouvindo pelo bairro inteiro as coisas que falavam da mãe dele por causa do tal encontro com o delegado Pentecoste. Mas não deixei de lamentar a sorte daquela mulher maltratada que passava tantas dificuldades ao lado dos filhos sem ter ninguém que a confortasse.

O pior de tudo foi o sentimento de vingança que eu surpreendi no coração do Paulo Louco justamente contra o

Krem, um menino tão pobre e abandonado quanto ele, que não tinha a menor culpa do que acontecera naquela noite, ali atrás do depósito do bar do Êgo. Num ímpeto, rasguei o bilhete e joguei a navalha no fundo da lixeira, sem pensar em mais nada. Ao voltar para a sala de cerimônias, as homenagens ao maestro ainda prosseguiam, agora com o quarteto de cordas do instituto de música, que se preparava para executar mais uma composição do autor do "Buriti choroso".

Nem bem alcancei minha poltrona e ouvi alguém me chamar. Olhei para o lado esquerdo e dei com o Paulo Louco, de pé no meio do corredor, fazendo sinal com as mãos.

"Você por aqui, Paulo?", perguntei, tentando demonstrar surpresa. "Você sabe por que estou aqui", ele cortou com voz firme. "Vim pra saber se ainda posso contar com você." "Comigo?" "É, com você", ele prosseguiu no mesmo tom. "Não leu o bilhete que eu deixei aí embaixo da sua poltrona?", ele disse, olhando para mim de forma intimidadora.

"Mais do que bilhete, aquilo é uma ameaça, Paulo", resolvi reagir de repente. "E por quê?", ele quis saber. "Deixou de ser o parceiro que ia sempre na frente comigo em todas as nossas saídas, encarando o que desse e viesse?", prosseguiu, olhando-me nos olhos daquele jeito assustador de antigamente. "Porque aquilo é uma ameaça, e quem faz ameaças é que deve assumir. E, depois, onde encontrar o Krem a estas horas?", fui dizendo meio irritado. "Ele não deixou endereço e nem falou pra onde ia quando saiu daqui. Simplesmente levantou e foi embora, assustado com este ambiente repleto de becas e cheio de discursos." "Você é quem sabe", foi o que ele respondeu, olhando para o chão e engolindo seco, como costumava fazer quando era contrariado. Mas emendou, com a mão esquerda estendida para mim: "Se é assim, eu quero a coisa de volta".

Já não lembro mais o que eu lhe disse e nem o que aconteceu depois que ele saiu para buscar a sevilhana no cesto do banheiro. Só lembro que ele se levantou de repente e, sem me olhar na cara nem dizer palavra, saiu enfurecido, atropelando as pessoas da plateia em direção ao lugar que eu lhe havia indicado.

Depois disso nunca mais nos falamos, mas aquele encontro veio confirmar a ideia de que jamais fiz por merecer qualquer tipo de homenagem. Que homenagem podia eu receber, se nem sequer fui capaz de compreender aquela infância que eu tanto amava, a ponto de não perceber que, nela, não passei de um diletante da miséria alheia? Homenagem por quê? Por ter deixado para trás, com a indiferença dos bem-nascidos, a pobreza e a existência horrível dos que precisavam de mim, dos que — como o Paulo Louco, o Cabelo e o próprio Krem — viviam esquecidos pelos cantos da noite sem nunca ouvir de mim, nas horas em que mais precisavam, um "até amanhã" no fim do dia, ou uma luz acesa no portão para espantar a escuridão, ou um prato de comida para comer ali no quartinho das tranqueiras, ou um pedaço de pão que fosse para mastigar na escada da garagem, enquanto o dia não nascesse e não chegasse a hora de seguir adiante?

O que podia haver em comum nas nossas vidas? Que afeto verdadeiro podia existir em mim, que só fui capaz de amá-los no cenário ameno do sonho e da lembrança, onde a realidade não mostrava as garras, onde o abismo que nos separava escondia as marcas das nossas diferenças? E agora aquela arma em minhas mãos, com todo o ódio que simbolizava, a aguçar o ressentimento do humilhado, o desespero da vergonha que não pôde ser vencida num momento em que a fome e a incerteza só faziam aumentar esse estado. Não, a doçura do passado não podia ter sido uma quimera, um mero assomo de saudade dos tempos que só foram belos porque a verdade não contava.

Longe disso. O Krem sempre foi, para nós, um grande exemplo de coragem. Largado em casa o tempo todo, jamais abriu a boca para se queixar do pai que o ignorava. E se muitas vezes ficou de fora das festinhas de aniversário por vergonha da roupa remendada ou do sapato escangalhado, jamais se importou de ficar esperando a gente lá na rua, sentado na calçada, até que se cantasse o "Parabéns" e um de nós, na hora de ir embora, levasse um farnel de doces para ele. E o Paulo Louco? O que dizer da dedicação dele, que nunca deixou de ajudar alguém naqueles tempos de menino, incapaz de ver uma criança chorar sem ficar tocado, a ponto de sair em busca do cachorrinho que fugira ou do brinquedo que se perdera?

E agora aquela faca, aquele rancor por trás da ameaça que se prometia. Em meio à barulheira de palmas que saudavam na plateia o talento do maestro, confesso que perdi o rumo das coisas que estavam programadas para a noite de homenagens, como se o prazer de ter encerrado minha longa vida de professor de repente se transformasse num desengano, numa decepção comigo mesmo, que até então só me preocupara em ocultar a certeza de não ter ido além do necessário para estar por cima e seguir adiante, sem levar em conta as razões da minha sorte e as condições que me permitiram continuar nesse caminho. E pior: sem pensar um minuto no que eu podia ter feito para participar do sofrimento dos que viveram ao meu lado e foram aos poucos ficando para trás, abatidos pela aflição da pobreza e da miséria.

Enquanto as comemorações perduravam (lembro que um grupo de estudantes, entusiasmado com a beleza da música, rodeou o maestro e o levantou ruidosamente nos braços ali na frente de todos), percebi que aquilo tudo já não fazia o menor sentido para mim. Eu estava decidido a fechar os olhos para o que pudesse acontecer à minha volta. Se tivessem me chamado ao palco naquele momento, confesso que nem teria ouvido, tamanho o alvoroço das perturbações que me reviravam a cabeça, sugerindo as decisões mais disparatadas. Perdido ali no meio daquela expansão acadêmica que ameaçava incendiar o auditório inteiro, fui aos poucos esticando as pernas para me livrar da beca pavorosa que me abrasava o pescoço, até que a cabeça encontrasse apoio no encosto da poltrona e vagarosamente baixasse para as profundezas do sono.

Não sei por quanto tempo fiquei dormindo e não me recordo ao certo como as coisas se sucederam. Tudo o que posso dizer é que, mesmo tendo mergulhado naquele abismo profundo do sonho, não consegui me livrar dos fantasmas daquela noite. Quantas vezes ainda me vejo acordando de repente ali sozinho, o auditório às escuras, as cortinas do palco arriadas, ninguém na plateia, nem alunos, nem professores, nem os músicos, nem o mestre de cerimônias, ninguém — apenas eu, perdido ali no silêncio da escuridão, tropeçando na velha beca amarfanhada feito um zumbi que tateia sem rumo pelas paredes à procura de um atalho que me leve lá para fora, entre os bancos do jardim da faculdade, onde àquela hora o velho bedel talvez continuasse fumando esparramado ou, quem sabe, dormindo a sono alto, sob o brilho inerte das estrelas.

Outras vezes eu me via numa vereda estranha, sem cores nem sombras, apenas ventos e gretas empoeiradas de onde escapavam ecos pavorosos que estrondavam na paisagem sem vida, na qual vi subir de repente, vindo em minha direção, o vulto horrendo de um rosto ensanguentado, de gestos torpes, a poucos passos de me alcançar com uma lâmina encurvada que ele vinha triscando no ar em zigue-zague com os dedos ágeis da mão esquerda. "Cuidado, Krem!", foi o grito que dei para alertar o meu pobre companheiro daquela ameaça terrível. "Cuidado, ele vai te matar!", segui berrando agoniado, sem me dar conta de que eu estava ali sozinho e que o alvo daquela faca não era outro senão eu mesmo, com todo o desespero de quem não tem saída e nem forças para se defender, como sempre foi o caso do meu velho parceiro de molecagem pelas quebradas do Tremembé.

Com aquele berro fora de hora, apavorei o auditório inteiro, todos se erguendo e olhando sobressaltados para o lugar onde eu estava, justamente agora que o talento dos músicos fazia aumentar a emoção dos alunos e seus familiares, orgulhosos daquela convivência com os mestres ilustres, os doutores e os virtuoses. "Algum problema, professor? O senhor precisa de ajuda?", perguntou alarmado o mestre de cerimônias, que saltou rápido de sua poltrona poucos metros à frente, na fileira do corredor. "Não, obrigado. Não foi nada. Não precisa se incomodar", respondi desajeitado e sem a menor ideia de onde me encontrava, mas tentando mostrar tranquilidade e firmeza depois de um disparate como aquele. Eu não sabia se levantava ou se ajeitava a beca, toda amarrotada nos meus joelhos. As pessoas olhavam indignadas para mim, algumas demonstrando piedade, outras me encarando com suspeita, claramente desconfiadas da minha presença ali na bancada dos homenageados.

Para minha sorte, a música não parou, e todo o rebuliço daquele estrago acabou encoberto pelo baticum enfezado da percussão ruidosa e pelas vozes inflamadas do coral da universidade. Confesso que pensei em sair dali e ir embora. Afinal, com que cara eu iria subir ao palco na hora em que fosse chamado para receber a minha distinção? Pensei mesmo em ficar um tempo lá fora, fingindo uma indisposição qualquer — tontura, dor de cabeça, enjoo... Mas não consegui, atravancado que estava pelas grossas mangas daquela beca infame que teimava em permanecer enroscada em minhas pernas sem que eu pudesse me levantar.

Minha vontade era descer e sair atrás do Paulo Louco, encará-lo na rua, nem que fosse pela última vez, em nome da nossa velha amizade de parceiros. E exigir ali, cara a cara, que ele me explicasse a razão daquela ameaça, daquele ódio que eu não conhecia e que ele nunca havia demonstrado antes, nem mesmo quando perdia a linha e acabava descontando nos mais fracos, para depois, arrependido, bater no portão do amigo injustiçado e pedir desculpas, cheio de vergonha.

10

Passei a vida inteira atrás dessa resposta. Nunca mais tive notícia do Paulo Louco, e do Krem só de longe ouvi falar alguma coisa: o pai tinha morrido e ele foi obrigado a deixar a escola, e ninguém da família — se de fato existiu uma — jamais se interessou por ele, o que o fez sair da casa onde morava para ir viver de favor na tapera de um lavador de ferro-velho conhecido de seu pai, que ficava numa pirambeira atrás do morro do Esmaga Sapo, na Vila Albertina. Se o Paulo Louco havia perseguido o Krem, se chegaram um dia a se enfrentar, são coisas que nunca soube.

Fiquei longe do destino dos dois, mas jamais deixei de lembrar deles, principalmente quando passava à noite pelo largo da estação, de volta para casa, depois de ouvir a tarde toda a voz rouca do professor Castelões traduzindo Cícero com a mesma profundidade com que tragava a fumaça azulada de uns cigarros fininhos que ele ia doutamente fumando enquanto empesteava a escura sala de aula daquele segundo andar de um sobrado decadente da rua São Bento, entre o largo de São Francisco e a praça do Patriarca. Lembro que, chegando ao Tremembé ainda com as falas do Castelões reboando na minha cabeça ("Oiçam que vale a pena ouvir! Em Cícero o acusativo é quase sempre pleonástico!"), eu logo olhava na direção da curva do trem ali em frente ao bar Estrela e via tudo se desmanchar de repente sob as imagens do

Krem e do Paulo Louco sentados no muro da casa do seu Sinibaldi, onde eles me esperavam para ir tirar o cavalo do seu Henrique da cocheira e ficar passeando até tarde da noite, enquanto o dono dormia o sono dos justos.

Mesmo depois, já na Faculdade de Direito, o clima tumultuado na vida política pouco permitia que alguém andasse pelas ruas perguntando pelo destino das pessoas. Afinal, aquele candidato descabelado e cheio de chiliques, que montara toda sua parafernália bem ali em cima do nosso campinho, inundando de luzes e fogos e vassouras e brados o antigo cenário do Tremembé da nossa infância, aquele mesmo que comia sanduíches no palanque e usava um palavrório que ninguém entendia, aquele candidato teve certo dia um repente e decidiu renunciar ao cargo de presidente, jogando o futuro de seu vice num abismo tortuoso que só se revelou quando os tanques de guerra invadiram a capital da República, forrando-a de milicos. "Direita, volver! Esquerda, volver! Oh, cisne branco que em noites de lua..." O Hino Nacional entupiu as rádios, que se encheram de vozes e corações contritos. A Virgem Santa sobrevoou num avião a cidade dos homens embasbacados, cobrindo-os, aqui embaixo, de rosas para amaciar o coração de todos. A família, indignada, marchou com Deus pela liberdade, arreganhando os dentes para os comunistas, que ninguém sabia onde estavam.

Nunca mais vou esquecer os tipos que desfilavam vociferando pelo viaduto Maria Paula em direção à praça da Sé, naquela tarde escura de 19 de março de 1964. Eu vinha da Biblioteca Municipal Mário de Andrade e passava por ali, a caminho da faculdade, quando vi dezenas de guardas bloqueando as esquinas para abrir passagem a um longo cortejo que subia desde a avenida São Luís. Eram renques maciços de pessoas enfileiradas, as da frente de braços dados e exibindo bandeiras. As mulheres rezavam comovidas, brandindo terços e rogando compenetradas para que "Deus salvasse o

Brasil contra a desgraça do comunismo vermelho". Os homens — muitos encanecidos, profissionais liberais, gente da sociedade, padres, tipos fardados representando os heróis da Revolução Constitucionalista de 1932 —, todos com um semblante carregado que pressagiava tragédias, iam farejando nas calçadas algum comunista enrustido que se atrevesse a mostrar a cara naquele momento em que a pátria exibia os seus valores mais altos.

Jovens nédios e bem nutridos, na ala da frente, vasculhavam as pessoas no passeio, perguntando aos gritos: "Cadê os comunistas? Onde estão vocês? Apareçam agora, se tiverem coragem! Vamos, apareçam!", era o que eles berravam enraivecidos, enquanto um alto-falante, num camburão da frente, celebrava "a coragem da população democrática de São Paulo, que marchava unida pela libertação do Brasil", indo ao encontro "dos cabos de guerra e dos homens de bem" que aguardavam, solenes, na escadaria da praça da Sé, ao lado do cardeal-arcebispo.

Parado no meio da multidão que se acotovelava às margens do viaduto, confesso que cheguei a sentir medo daquela gente. Foi então que decidi voltar para a biblioteca e esperar a poeira baixar. Mas no momento em que eu tentava atravessar o viaduto, dei de cara com um grupo de homens de capa vermelha e preta, portando bastões, crucifixo no peito e olhar penitente voltado para o céu, os lábios sussurrando não sei o quê. Sem sequer me olhar na cara, um deles investiu contra mim, pedindo ordem e respeito naquela hora difícil que "ameaçava desgraçar os destinos de todos nós". Fiz que não ouvi a advertência, pulei fora dos bastões e, sem querer, quase acabei derrubando um careca encapado que rezava em voz alta, marchando atrás de mim. Não dei dois passos e senti que a mão de um sujeito me puxava pela gola do paletó, arrastando-me com força para fora daquela confusão. "É este! Pode levar que é mau elemento. Entrou aqui pra desmanchar a fila e puxar briga. Pode muito bem ser um deles. Leva logo para o tenente Caçamba", disse com voz enérgica o careca, que voltou a orar compungido, beijando o crucifixo sob a capa vermelha e preta que esvoaçava ao vento da tarde.

O tenente Caçamba não estava ali para brincadeira. Mulato atarracado, pescoço de porco, metro e meio de ombros, ficou um tempo me encarando na calçada enquanto trotava — um, dois, um, dois — para não atravessar o ritmo da marcha que embalava o patriotismo daquela multidão de redentores. "Então ele gosta de brigar, é?", foi perguntando irônico ao tipo mal-encarado que me segurava pelo colarinho.

"Pena que o camburão ficou cobrindo a retaguarda lá embaixo na praça da República. Senão ele ia ver quem é que é bom na porrada", disse quase sorrindo, pouco antes de me dar um pisão de botina que me deixou quase um mês sem poder usar sapatos. "Se quiser, eu algemo e levo ele", falou em tom de ameaça o sujeito que me segurava, com um bafo de cachaça que me cortava a respiração. "Acho melhor não", retrucou o tenente. "Hoje a parada é séria, o comando está todo lá na praça, o governador, o senador, o deputado..." E olhando o relógio, ordenou de repente: "Melhor entregar ele para um reco desses aí da PM e levar para o sargento. O nosso negócio é chegar em ordem lá na frente", foi o que ele disse, virando as costas para se juntar ao cortejo que já se aproximava da avenida Brigadeiro Luís Antônio, onde centenas de lenços brancos saudavam das janelas, animando a multidão com os gritos de "Viva o Brasil!" e "Abaixo o comunismo!".

É claro que me vi perdido. Afinal, o tenente Caçamba estava longe de ser o nosso Xisto, e as ameaças da cidade grande eram incomparáveis ao silêncio triste das ruas do Tremembé, que nós teimávamos em alvoroçar quase todas as noites. Nem bem o tenente se afastou, o tipo que me conduzia fez sinal de longe para um meganha, que olhava ressabiado para uns rapazes às gargalhadas ali perto do cortejo. "O Caçamba mandou entregar para o sargento", ele disse secamente para o policial, que foi logo batendo continência e fazendo estalar o asfalto sob o salto encorpado de suas botas.

"Outro ladrão?", perguntou o meganha surpreso, enquanto permanecia rígido, olhando para o tenente. Este não disse nada, apenas me jogou nas mãos do outro, como se eu não passasse de um embrulho. Pouco antes de se juntar à marcha, virou-se para advertir o sujeito: "Toma cuidado e segura firme que o bicho é briguento. Quase derrubou um daqueles caras com roupa de santo, arrastando capa, bastão e tudo". Ele falou isso e desapareceu no meio daquela gente, que então cantava o Hino Nacional com os olhos voltados para os clarões que os fogos iam abrindo lá para os lados da praça da Sé.

O meganha começou a me apertar o pescoço por trás como se eu fosse um bandido. E então, virando-se para mim: "Vamos descendo que o sargento te espera. Quero ver você se explicar com ele". "Paulo!", gritei ao ver a cara do policial. "Você também...", eu disse quase chorando e tentando abraçá-lo depois de tanto tempo. Mas ele foi mais rápido e pôs o cassetete na frente para me manter à distância. "Aqui não tem nada de Paulo, rapaz. Você está detido e vai descer comigo para o comando, lá embaixo na praça da República." "Mas... Paulo...", ainda tentei explicar, agoniado. "Não vem com Paulo que não tem Paulo, eu já falei. O que tem aqui é autoridade e respeito pela ordem." E sem perguntar mais nada, não voltou a me olhar na cara e continuou me arrastando de volta para a avenida São Luís, àquela hora repleta de gente que se acotovelava pelas calçadas ali na esquina da Biblioteca Municipal, pronta para engrossar o cortejo, munida de cartazes e bandeiras.

"Fazer o quê? Agora estou perdido!", foi o que pensei naquela hora, já antevendo a cara ameaçadora do sargento a me levar de camburão para o distrito, onde eu por certo passaria a noite numa cela de cimento gelado, no meio de bandidos de todos os tipos, quem sabe apanhando e sofrendo as piores humilhações, só porque tinha tentado atravessar a marcha para evitar a confusão lá em cima, na praça da Sé, onde o barulho dos patriotas iria até altas horas. Isso se eu não fosse levado para um presídio qualquer, ficando esquecido não sei por quanto tempo, sem dar notícias em casa e sem poder acompanhar o curso na faculdade, longe dos livros, da família, dos amigos — e, o pior de tudo, sem saber de que crime eu seria acusado.

E logo o Paulo Louco! O mais triste era isso, logo o Paulo Louco, amigo de tantos anos! O que custava ele me largar ali no meio daquela multidão? Ninguém ficaria sabendo, eu iria embora para casa e ele voltaria para o seu posto... E dizer que foi ele quem trouxe o cachorro Joli de volta para que a menina da dona Alice não chorasse de saudade... Logo ele, que salvou o Cabelo das mãos do Xisto, ao se apresentar ao padre Távora naquela noite da rua Bias... Sim, ele mesmo, aquele Paulo que sofreu calado nas mãos do Vândio e que esfregava o salão de bilhar do bar do seu Miranda a troco de um sanduíche; aquele Paulo que larguei sozinho numa noite de São Pedro cheia de estrelas e balões que desciam apagados no morro do campo velho do Tremembé, perto do pasto do seu Cassiano.

Tudo isso passou pela cabeça enquanto ele me arrastava pelo braço, o olhar endurecido e a cara fechada, aos trambolhões. Esse Paulo que agora me puxava de arrasto para me entregar ao sargento era um tipo que eu desconhecia, um vulto sem palavras, desses que nada sentem e por nada se interessam, a não ser as ordens que lhes são ditadas. "Será que ele um dia chegou a encontrar o pobre do Krem? Será que cumpriu a ameaça de cortá-lo com aquela navalha?", pensei de repente, e confesso que estremeci. Diante de tanta dureza, quem podia me garantir que ele não fosse capaz de se vingar de um antigo companheiro que acabou odiado pela vida afora?

Quanto mais eu pensava, mais aumentava o desespero. Juro que cheguei a crer que estivesse sonhando. Não, não era possível que fosse verdade. Não falar comigo, fingir que não me conhecia, esquecer num segundo, e com tanto desprezo, a alegria dos tempos em que fomos felizes dentro de um sonho que era só nosso, que só nós pudemos desfrutar com a certeza de que éramos livres e ninguém no mundo era capaz de nos separar...

Já íamos longe quando a cerração começou a embaçar a tarde. Meus braços doíam de tanto serem puxados, a vista ofuscava, e aquela barulheira de vivas e fogos foi me amortecendo por dentro, como se nada mais valesse a pena. Ao avistar os painéis luminosos das proximidades do hotel Jaraguá, quase na esquina da Consolação, fui sentindo que perdia as forças. Agora era a mim que nada mais interessava: nem o sargento, nem o tenente, nem a truculência daquele algoz que me arrastava impassível ali no meio da patriotada arrogante, que batia palmas e empunhava bandeiras em veneração aos milicos. Sob o barulhos de botas, dobrados militares e batidas de bumbo, burgueses berrando com medo de comunistas que jamais existiram, tudo aquilo, embolado no meio de cretinos e chefes de família, com gritos de "Viva o Brasil!" e "Abaixo o pelego do Prestes!", me virava o estômago e foi aos poucos me entorpecendo. Eu entregava os pontos: que me levassem, que o sargento me prendesse, que acabassem comigo ou fizessem de mim o que bem entendessem.

11

Não consigo esconder o susto que se apossou de mim ao me ver livre, de repente, sem mais nem menos, daquelas garras que me ralavam os braços como duas tenazes. Medo? Surpresa? Assombro? Até hoje não sei dizer ao certo. Foi tudo tão rápido que, quando dei por mim, o Paulo já ia longe, caminhando indiferente pelo passeio, como se nada daquilo tivesse acontecido ou sequer indicasse, com um simples gesto que fosse, que ele estivesse ali me conduzindo para a cadeia. Nada, nada. Ele agora seguia incógnito a passos lentos, saindo de cena tão inesperadamente quanto havia entrado, impassível, reticente, quase impenetrável, como se a marcha, o tenente, o sargento e a minha suposta infração nada significassem para ele, mesmo diante de todo o arrebatamento patriótico daquela multidão.

Só então percebi que ele mudara o rumo do caminho traçado pelo tenente. Ao invés de me levar para o malsinado camburão do sargento, estacionado ali entre a avenida São Luís e a escola Caetano de Campos, de repente virou à direita e seguiu pela rua Xavier de Toledo, largando-me quase em frente à escadaria da ladeira da Memória, a poucos metros da Biblioteca Mário de Andrade. Ainda olhei assustado para ele, esperando que finalmente pudéssemos conversar como nos velhos tempos. Em vão. Nem uma palavra, a cara fechada e o gesto rude, ele virou as costas para mim e foi embora.

Ao vê-lo caminhando ali sozinho no meio da noite que chegava, confesso que me vieram lágrimas aos olhos, lágrimas de quem via nele o velho amigo de sempre, que agora me salvara e me surpreendera com essa outra lição de vida, a mim, que poucas vezes me lembrara dele nos momentos em que mais precisara. Vendo-o à distância, concluí que o Paulo Louco nunca deixou de ser um anônimo das ruas, lutando contra o próprio destino. De repente me bateu um íntimo sentimento de repulsa por mim mesmo, agora livre para poder voltar para o aconchego da casa, com a certeza de encontrar o amparo que ele nunca teve. A vergonha foi tanta que pensei em voltar correndo e agradecê-lo por tudo, lembrar dos tempos em que andávamos juntos, dos tantos gols que fizemos pelas ruas do Tremembé, falar daquela fotografia que saiu no jornal *O Esporte* poucos dias antes da decisão do título do Campeonato Paulista do IV Centenário, em que o time inteiro da nossa rua aparece ao lado do lateral Idário, o Sangue Azul, naquela tarde em que saltamos o muro da concentração do Corinthians para ver o treino recreativo dos jogadores. Mas logo me conformei, ao pensar que o Paulo Louco era assim mesmo, um sujeito que ninguém conseguia entender direito, capaz de brigar com você de manhã e, poucas horas depois, aparecer no portão de sua casa pedindo desculpas, todo arrependido.

Foi pensando nisso que fiquei ainda um momento ali diante do salão central da biblioteca, olhando para os leitores concentrados, em silêncio, cada um em sua mesa, enquanto os bedéis iam e vinham distribuindo os livros em constante bate e volta. Mas isso foi só por uns instantes, pois aquela imagem do Paulo indo embora, no meio da multidão, me fez lembrar que era hora de apertar o passo e seguir para os lados da praça do Correio, de onde partia o 77 em direção ao Tremembé. Um percurso longo, durante o qual muita gente cochilava e chegava até mesmo a roncar a bordo, para só acordar quando o ônibus começava a descida do Barro Branco, já alcançado pelos ventos frios que sopravam da Invernada e embalavam os solavancos do carro nas curvas mal iluminadas da avenida Nova Cantareira até lá embaixo, perto do boteco do Manfra, de onde quase se avistava o casarão da Sociedade Amigos do Tremembé, a poucos metros da esquina do Recreio Holandês.

E foi bem ali que despertei assustado, como se ainda estivesse na cidade, sob as unhas do Paulo, a caminho do camburão do sargento, tal o pavor que se apossou de mim naquele 19 de março de 1964 — uma tarde forrada de carolas, milicos e patriotas decididos a mudar o Brasil. Eu pensava nisso olhando da janela para os altos da rua Lair, de tantas recordações e saudades.

Não tardou muito e, dias depois, o mundo escureceu de vez. Famílias com medo do comunismo, soldados por todos os lados, sirenes nas ruas e rádios tocando dobrados e marchas o tempo inteiro, enquanto no Rio de Janeiro o governador ameaçava manter a ordem com o seu próprio revólver, a coberto dos tanques que "desceram de Minas Gerais em nome da pátria e dos valores mais caros da democracia brasileira". No Congresso Nacional, um senador declarou vago o cargo do presidente da República, que "fugira de suas responsabilidades para com as tradições da nossa gente" ao aliar-se aos "subversivos vermelhos do petebo-comunismo que estava próximo de derrubar o poder constituído".

Eu lia tudo isso vendo os jornais cada vez mais obcecados em alertar os quartéis, em chamar para as ruas os "cabos de guerra que no passado honraram a nossa fibra de país soberano". Para mim, que acreditei um dia no poder supremo das leis e até pensei em seguir o caminho de alguns mestres — certo de que, como juiz, eu talvez pudesse contribuir no futuro para amenizar as injustiças do mundo —, a Faculdade de Direito desabou no segundo ano. Tantas aulas gastas pelo professor de introdução à ciência do direito, tantos brocardos latinos, tanta referência erudita à tradição humanística da jurisprudência europeia, para depois, num único minuto, um milico vestido de general dar uma porrada na mesa e fechar o Congresso Nacional, recuando o país para muito além dos tempos da Magna Carta.

Mais corajoso que eu era o Noia, um bêbado desbocado do bairro, que poucos dias depois da posse do marechal Castello Branco, numa manhã bem cedo, ali na fila do 77, em frente ao Cine Ypê, enquanto aguardávamos a partida do primeiro ônibus, assustados com todas aquelas notícias de buscas e prisões, passou cambaleando pelas pessoas amedrontadas, gritando em voz alta: "Pau no cu do Castello Branco! Viva o Ademar de Barros!", para o desespero de todos e a aflição das senhoras e moças, que saíam da fila correndo pela calçada da rua Pedro Vicente em busca de abrigo na farmácia do Teodomiro. "Não fala isso, Noia! Deus o livre! Os homens te pegam e acabam com você lá nos porões do Dops! Fica quieto, Noia!", ponderava com os lábios tremendo o sacristão Pereirinha, que todo dia pegava o ônibus das seis para ir trabalhar no escritório da Light, na avenida Nova Cantareira.

Mas o Noia fingia que não era com ele e seguia deblaterando até o fim da fila, onde dava a volta e retornava pelo lado da rua. "Fora, Castello Branco!", continuava gritando, enquanto a fila se desmanchava rapidamente, com medo de que algum tipo fardado aparecesse de repente e acabasse levando todo mundo para a central. "Foi o Ademar de Barros que pôs ônibus aqui no Tremembé! Pau nesse Castello Branco!", ele berrava desfigurado, destilando álcool para todo lado.

Quando o 77 encostou, só havia três pessoas na fila: eu, o Zé Calabrês e o Noia, que tinha se acalmado um pouco, depois que o sacristão lhe prometera uns trocados, antes de voar para a quitanda do seu Martins, de onde, apavorado, ficou assuntando a chegada do ônibus pelo buraco de um caixote, bem ao lado da prateleira das laranjas. Nem um minuto depois que o motorista abriu a porta da frente, saiu gente de todo lado. "Eu já falei para o doutor Marçal que precisa tirar esses pinguços daqui do largo", dizia imponente o seu Nardi, chefe da seção de águas do Parque da Cantareira. "Pois outro dia não pegaram o irmão do Biguá de calça arriada ali na ponte da Santa Cruz urinando feito um cachorro na frente das meninas que iam para o Santa Gema?" E desabafava: "Nessa hora em que o país parece que vai tomar vergonha é que tem que pegar e sumir com essa gente! Onde já se viu uma coisa dessas?", continuou dizendo para o sacristão, que entrara esbaforido no ônibus, enquanto o motorista pedia para o Noia parar de bater no vidro da janela do meio, de onde xingava o Pereirinha de "cagão sem palavra, que não cumpre o que promete". Já estávamos quase na curva do Grupo Escolar Arnaldo Barreto quando notei o sacristão encolhido ao lado do Nardi, olhando para o chão, o rosto pálido como uma cera. Pelo vidro de trás, ainda dava para ver o Noia sendo arrastado para o outro lado da rua, agitando os braços em direção ao ônibus, que enchia de fumaça os jardins da dona Nicota, a caminho da Fazendinha.

Os anos foram passando e aquela fanfarronice nacionalista montada pelos milicos acabou indo muito mais longe do que se podia imaginar. O medo aumentava, as liberdades eram confiscadas e a vida ficava cada vez mais encurralada pelo terror, pela covardia e pela repressão. Foi quando resolvi desistir da carreira jurídica e ir para a Faculdade de Filosofia da rua Maria Antônia, onde ingressei no curso de Letras em fins de 1966. Durante todo esse tempo, não deixei um dia sequer de vasculhar as marcas do passado que me ligavam ao Paulo Louco, ao Krem e aos amigos que cresceram comigo naqueles anos — os únicos verdadeiramente felizes da minha vida — em que vagávamos pelas ruas sossegadas do velho Tremembé da Cantareira.

E foi num dia triste, talvez o mais triste de todos os que vivi como estudante, que acabei me deparando com uma pista sobre eles. Já estávamos em 1968 e vivíamos então um dos últimos momentos na Maria Antônia, antes de nos transferirmos para os barracões da Cidade Universitária. Naquela semana, em que o saguão de entrada e as calçadas do prédio estavam ocupados por redes e barracas de campanha onde os estudantes permaneciam em alerta contra os ataques da repressão, lembro que foram muitas as passeatas de protesto e o corpo a corpo com os milicos nas ruas, em meio a patas de cavalo, botinas e borrachadas para todo lado.

Mas ninguém contava com a morte de um colega bem no dia em que uma viatura da polícia, depois de virada pelos estudantes, acabou pegando fogo ali perto da esquina da Consolação. Lembro que policiais armados, escondidos na cobertura de um dos prédios do Mackenzie, continuavam atirando em nossa direção. O tumulto então tomou conta de tudo: gente correndo sem rumo, carros subindo nas calçadas, ônibus retidos no trânsito com passageiros tentando sair de qualquer jeito, o barulho das sirenes envenenando o escarcéu das buzinas e dos gritos de aflição dos transeuntes que corriam desesperados para dentro das lojas e livrarias...

Foi lá dentro do prédio da Maria Antônia, quando eu deixava uma assembleia de urgência no pátio do centro acadêmico, que dei de cara com o livreiro Jaime Marcelino Gomes, sempre gentil e solícito, ali num cantinho do segundo andar, ao lado de um armário verde no qual ele mantinha os livros para atender aos professores e estudantes. Ele estava se despedindo do professor Ítalo Bettarello quando me viu. E então me cumprimentou respeitoso como fazia ao receber as pessoas, mesmo num dia como aquele, em que era impossível até mesmo conversar. "E o senhor" — ele sempre tratava as pessoas por senhor — "olhe que é melhor voltar para o Tremembé, onde estará mais seguro, longe dessa gente caçando estudante por todo lado." Ao ouvir falar de Tremembé, o professor Bettarello, que também morava no bairro, onde manteve por alguns anos, ao lado de dona Otávia, sua esposa, um curso de admissão ao ginásio, olhou para mim e logo me reconheceu dos tempos em que frequentei o curso.

Preocupado como sempre, ele me ofereceu carona na volta para casa. "Nunca pensei que a polícia fosse capaz de fazer o que está fazendo com a nossa faculdade", disse abatido, enquanto tentávamos descer para a rua Dr. Vila Nova, onde ele havia deixado o carro. O professor Bettarello tinha o caráter sonhador, inspirado nos áureos tempos da grande poesia europeia, que ele cultivava em silêncio por entre as árvores que circundavam sua casa na rua Eduardo. Ainda agora, pensando nele, não posso deixar de lembrar, comovido, as palavras de Alfredo Bosi, um de seus discípulos mais brilhantes, ao relembrá-lo dos tempos de faculdade, quando por quase vinte anos se habituou a vê-lo respeitar os companheiros de trabalho — do bedel ao diretor, do professor mais ilustre ao aluno mais humilde — na dura convivência do dia a dia, quase sempre atropelada pela inveja, pelo ódio e pela maledicência.

Ah, professor Bettarello! Parece que ainda estou vendo ele ao volante do velho Packard abarrotado de livros subindo aos trancos a rua Dr. Zuquim, engolido pela fumaça preta dos ônibus. Quem, senão ele, seria capaz de lembrar, depois de tantos anos, daqueles meninos que, a seu pedido, levei um dia comigo para brincar na festa de São João nos jardins de sua casa, antes das férias de meio de ano? "E aquele magrinho, que quase não abria a boca?", disse ele ao se lembrar do Krem. "Que menino triste. Sempre pelos cantos. Parecia que tinha vergonha da gente, vergonha de tudo." "Não sei mais dele, professor", respondi, surpreso com aquela pergunta. "Depois que o pai morreu, ele foi embora do bairro e nunca mais nos encontramos", completei. "Pois foi o pai dele que me arranjou o jardineiro que ainda ontem podou os ciprestes lá dos fundos de casa, já com mais de quatro metros de altura... Foi o pai dele, o seu Saul!", emendou sorridente o professor Bettarello, antes de me explicar que muitas vezes teve de afastar o velho Saul da cerca enferrujada do pomar, louco para levar embora as grades em forma de losango que, segundo ele, daria para trocar pelas torneiras de cobre que o jardineiro escondia nos porões de sua casa.

Seu Ferdinando jardineiro! Então era ele o homem que acolheu o Krem depois da morte do velho Saul, quando ele ficou sem ninguém neste mundo... Se não fosse o mestre Bettarello, naquele encontro casual na Maria Antônia, ali no cantinho do livreiro Jaime, eu talvez jamais descobrisse onde ficava a casa dele, que fui visitar numa manhã ensolarada de maio com a luz colorindo as trepadeiras floridas que se enroscavam por cima de um portãozinho de ripas vermelhas.

"Seu Ferdinando?", perguntei ressabiado depois de bater palmas na frente da casa. Ao homem de fisionomia maltratada, que me recebeu espantado, fui gaguejando meio sem graça, falando que era um amigo do Luiz Krem, um antigo colega de classe lá do Grupo Escolar Arnaldo Barreto, nos tempos do professor João Pedro Mendonça. "Ah, moço, essa hora é difícil achar ele por aqui", foi o que me disse com um ar desconfiado de quem não quer muita conversa. "Ele só volta de noite e já sai de manhã bem cedo, com o dia ainda escuro. Tem dia que nem toma café e sai logo correndo pro serviço", foi tentando me explicar sem sequer abrir o portão. "Eu só escuto a batida do portão e a cachorrada latindo atrás dele lá embaixo, na descida da Junção, onde passa a jardineira que vai pra Vila Albertina", acrescentou com os olhos baixos, olhando-me de lado, como se procurasse alguma coisa perdida ali no meio das galinhas que ciscavam em alvoroço atrás da cerca do fundo. "E que horas ele costuma chegar?", ainda arrisquei, já quase sem esperança de marcar um encontro com o meu velho parceiro de rondas pelas ruas do Tremembé.

A resposta não veio. Enquanto tentava reacender o cigarro de palha todo amarfanhado que puxara da orelha, o homem continuava olhando para o chão, deixando claro que tinha mais o que fazer. Eu já ia me despedindo quando ele disse, soprando uma fumaça azulada que subia ardendo para os meus olhos e com cara de assustado, que eu não ficasse parado ali por muito tempo. "Isso aqui está cheio de polícia", ele falou. "Estão atrás dos maloqueiros que deram agora de entrar pela mata da Cantareira pra fumar maconha e fazer baderna."

Só umas semanas depois, num sábado em que por acaso encontrei o Krem perto do casarão da Fazendinha, é que fiquei sabendo do que se tratava. "Ah, o seu Ferdinando!", ele desabafou num tom de quase sarcasmo, quando perguntei se era verdade que a polícia rondava os matos da Junção atrás de desocupados que se escondiam ali. "Confesso que ele me deixou assustado com essa história, rapaz. Tanto que nem tive coragem de voltar lá pra procurar você", eu disse, tentando explicar o meu espanto. "O seu Ferdinando é que é medroso e desconfiado de tudo, igualzinho meu pai", ele cortou, sem o menor interesse em continuar falando do sujeito que lhe dava abrigo.

Lembro que aquele encontro com o Krem foi dos mais alegres que tivemos. Abraçamo-nos como dois irmãos que não se viam há muito tempo e seguimos para o bar do Abafa, ali perto da esquina onde hoje fica o clube Macabi. Era um sábado cinzento e carregado de nuvens que desciam sobre o corredor da Invernada umedecendo as árvores que cortavam a alameda quase até lá em cima, depois da esquina da rua Pedro, no cruzamento da rampa que desce para o colégio

Santa Gema, pouco antes de chegar à escadaria da igreja de São Pedro.

Foi naquela tarde que fiquei sabendo de tudo o que a vida reservara ao pobre Krem. Não havia saudade nem sofrimento nas palavras dele, apenas a resignação de alguém a quem o destino recusara tanta coisa. Nem uma revolta contra o Paulo Louco, nem um ressentimento pelo que sofrera com a morte do pai, que o arrastou para outro bairro, a viver de favor na casa de um homem que lhe cobrava até a água que usava para lavar o rosto.

Krem falava de um jeito triste, mas sem a menor mágoa. Ele enumerava as perdas como se estas viessem por fatalidade, por decisão de um destino inexorável a que não valia a pena resistir ou lastimar. Foi assim quando, em 1949, o pai largou a família no Bom Retiro e o separou da mãe e dos irmãos dizendo que precisava dele para ajudar na cata de ferro-velho, cada vez mais abundante nas ruas e terrenos baldios da Zona Norte. Foi assim também com os tapas que levou do Paulo Louco naquela noite garoenta de 1954, quando se rebelou contra a ordem dele para que descêssemos a rua Lair enfileirados, assobiando e batendo os sapatos, dispostos a entrar sem medo em qualquer lugar que lhe desse na veneta.

Para o Krem, não havia do que reclamar. "O que foi feito foi feito e está acabado", ele gostava de dizer, porque entendia que "a vida é assim mesmo". Tentei discordar, mas ele não deixou. "Que culpa tinha o Cabelo de ter visto o delegado Pentecoste com as duas mãos na bunda da mãe do Paulo Louco?", ele cortou na hora. E me olhando indignado: "Ali, fazendo cócegas por baixo da saia dela, indo e vindo devagarinho, bem no meio das coxas?". Claro que foi um choque para o Paulo, ele admitiu, "mas o Cabelo não tinha nada com isso, e muito menos eu, que só fiquei sabendo daquilo porque o Cabelo, sei lá por quê, decidiu me contar".

Deu vontade, mas não tive coragem de perguntar se o Paulo Louco ainda continuava atrás dele. Cheguei até a pensar que ele gostaria de saber que o Paulo era agora um meganha de cara amarrada, desses que dá medo encarar, mas que tivera a coragem de descumprir uma ordem daquele pavoroso tenente Caçamba, ao me deixar escapar do sargento para o qual ia me levando naquela tarde em que a "família brasileira" marchava com Deus em busca da tal liberdade que os milicos inventaram.

Mas achei melhor não dizer nada. O que veio depois, no entanto, é que foi pior. Eu falo do sofrimento que o Krem teve de enfrentar nos anos que se seguiram, chegando a passar fome para poder estudar, o que o obrigou a abandonar o curso que ficava ali perto do ginásio Prudente de Morais, em Santana. Desempregado e sem ter com o que viver, precisou se submeter a trabalhos pesados, muito além do que a sua asma suportava, como lavar o chão do restaurante Chácara Sousa ou carregar caixas na feira da Vila Albertina com o sol queimando nas costas, sem falar nos bicos que fazia até de madrugada no bar Estrela, onde era incumbido de varrer o salão de bilhar, catar bitucas e papéis jogados ali no corredor do balcão da frente, atropelado pelos fregueses que gargalhavam e tomavam cerveja, largando cinzas de cigarro e restos de comida para todo lado, enquanto olhavam as mulheres que chegavam do trabalho com o último ônibus.

Foi por esse tempo que o Krem ficou sem o bem mais precioso que conquistara na vida, ao perder o amor da florista Lucinha, que ele conhecera poucos meses antes num baile vespertino no salão do Clube Atlético Silvicultura, no Horto Florestal. Sem dinheiro e quase sempre malvestido, ele não tinha mais como levá-la ao cinema ou passear aos domingos pelas alamedas do Parque da Cantareira. "Ela está certa", desabafou num tom resignado, enquanto bebia um copo de café com leite molhado no pão com manteiga. "Por que ia ficar com um cara sem futuro como eu, que nem casa tenho pra morar?" Achei melhor ficar quieto e mudar de assunto para fugir daquele constrangimento que me entristecia.

Tentei falar de outras coisas e sugeri uma volta pelo bosque da Fontális, que parecia estar com os dias contados, agora que as ruas do bairro iam sendo alargadas para receber a nova frota de ônibus que chegava para substituir os velhos carros da antiga linha 77 da CMTC, o que exigiu que o velho casarão da antiga sede da Sociedade Amigos do Tremembé fosse posto abaixo, levando embora também um renque inteiro de pinheiros e muitas outras árvores que enchiam de encanto as margens do pequeno ribeirão que passava defronte do Recreio Holandês.

Mas o Krem despistou e disse que precisava ir embora. Ele tinha receio de que a Lucinha passasse e o visse com aquela sua roupa estropiada de mendigo. Ele falava com o semblante derrotado de alguém que já se reconhecia fora da vida e sequer merecia um cumprimento dos que antes se diziam amigos. Naquele dia eu notei em seus olhos uma espécie de sentimento de culpa por estar vivo neste mundo, como se não passasse de um intruso ocupando o tempo dos outros com a sua presença indesejável.

Como disse o Frangão na noite em que voltávamos para casa depois de invadir o pomar do padre Távora, "o Krem apanhou do Paulo Louco porque nunca ligou para nada, nem para o pai, nem para os amigos e muito menos para ele mesmo, sempre ali naquela casa, jogado num canto, comendo sabe Deus quando". Ainda agora estou vendo o Frangão aqui na minha frente: os punhos cerrados e aqueles olhos esbugalhados de valente ocasional, do tipo que só fala grosso antes de o perigo chegar, mas que depois, na hora em que a coisa fica feia de verdade, acaba enrustindo feito caramujo, dizendo para todo mundo que foi seguro por trás, que não o deixaram partir com tudo para cima do adversário. "Ah, se fosse comigo" — ainda ouço ele dizendo com o peito estufado — "o Paulo Louco levava uma cabeçada no olho que até o Xisto ia ficar com pena dele, mesmo sem saber que o bicho veio rolando que nem batata-doce pela ladeira da rua Lair, até chegar lá embaixo, na esquina da barbearia do Chico, com a vista mais roxa que olho de boi."

Mas isso foi só uma lembrança, coisa de segundos que me passou pela cabeça ao ver o Krem se despedindo para ir embora. Ao me abraçar, já na calçada, confessou que queria sair da casa do seu Ferdinando, partir para outro lugar, onde talvez pudesse encontrar um trabalho que o ajudasse a completar o curso técnico que tanto o atraía. Seu Ferdinando, já de idade, piorava a cada dia. Além de resmungão e pão-duro, andava dizendo que ia começar a cobrar aluguel, que não gostava de marmanjo zanzando sem serviço pela casa, jogando sempre na cara do Krem que o ferro-velho deixado pelo pobre Saul já não valia mais nada, todo enferrujado ali nos fundos do quintal, como um trambolho que não interessava a mais ninguém. Essa foi a última vez que nos vimos, mas o Krem daquele derradeiro abraço já não era mais o antigo companheiro de outros tempos.

12

Só mais tarde é que voltei a ter notícias do Krem. Foi na manhã de 12 de outubro de 1968, em Ibiúna, interior de São Paulo, num sábado gelado em que os milicos da Força Pública e os agentes do Dops nos cercaram no sítio Muduru e acabaram com o XXX Congresso Nacional da UNE.

Naquele frio de rachar, ainda ouço os gritos dos colegas em meio aos empurrões e bofetadas que os brutamontes distribuíam aos que se recusassem a entrar nos ônibus que nos levariam presos para a capital. Foi num desses ônibus, já saindo dos limites da cidade, enquanto eu olhava as planícies desoladas com as mãos no rosto para evitar o vento que zuncava forte na janela, foi num deles que alguém bateu de leve no meu ombro. Fiquei intrigado, mas fingi que não percebi e continuei observando os campos e pensando que aquele sábado prometia: eu me via num corredor escuro, cercado de tipos fardados, ouvindo ofensas e levando tapas de todo lado, e então eles me largariam no fundo de uma cela até que o dia amanhecesse e aquela tortura começasse novamente.

Estava pensando nisso quando, de repente, senti mais três toques no meu ombro. Olhei desconfiado e dei de cara com o Chico André atrás de mim, sentado ao lado de uma moça apavorada ali no meio daqueles soldados mal-encarados que faziam ameaças e soltavam palavrões o tempo inteiro. Só de lembrar, ainda hoje me comovo com aquele encontro que apenas o destino poderia ter marcado. A alegria em rever o Chico foi tão grande que até cheguei a me esquecer do lugar em que nos encontrávamos. "Chico, você também?!", lembro que falei quase gritando, enquanto ele, com os olhos arregalados, pôs a mão na minha boca, preocupado com os meganhas que nos vigiavam pelos corredores do ônibus. Não podíamos nos abraçar ali, mas, com os olhos e as lágrimas, nossos corações desabafavam, e a vida, mesmo que por instantes, parecia sorrir novamente.

Todas essas lembranças foram interrompidas quando alguém ao meu lado avisou que o mestre de cerimônias me chamava ao palco para a homenagem, vasculhando preocupado os quatro cantos do salão. Palavra que não achei que fosse comigo quando ouvi as pessoas aplaudindo ao me verem levantando daquela poltrona verde do canto, sem fazer a menor ideia de onde eu acabara de sair depois de ter sido arrebatado por um turbilhão de imagens frementes que me levaram de volta para um tempo tão distante daquele momento solene. Confesso que nem me lembrava mais do que estava fazendo ali no meio de toda aquela gente.

Já no palco de homenagens, enquanto ouvia os elogios descabidos com que o mestre de cerimônias me agradecia diante de todos pelo "excelente trabalho de docência e pesquisa, pela conduta exemplar à frente de seu departamento e pela lhaneza e urbanismo com que sempre cumulou os colegas, os alunos e os funcionários ao longo de todos estes anos" — ouvindo isso tudo em meio ao escuro farfalhar das becas e ao sussurro dos cochichos discretos com que os luminares à minha volta balançavam a cabeça em sinal de aprovação, não tive como evitar que me viessem aos olhos algumas cenas inesquecíveis do nosso cotidiano acadêmico.

Numa delas, o livre-docente barbudo, que vejo agora me acenando à distância, repreendia aos brados um pobre calouro que se esquecera de chamá-lo de doutor ao lhe fazer uma pergunta corriqueira numa aula da graduação. Noutra, o vice-reitor atarracado, puxado pelas calças ao tentar furar a fila na entrada do banco, largava um grosseiro palavrão na cara do inspetor de alunos que o acossara por trás sem saber de quem se tratava. Não sei por quê, mas era isso que me passava pela cabeça ao escutar todo aquele palavrório inútil. Revolta? Desconforto? Talvez um desabafo sobre as injustiças que desgraçaram a vida miserável do Paulo Louco, do Krem, do Cabelo e de tantos meninos pobres com quem um dia eu cheguei a conviver e que jamais tiveram oportunidade de se manter na escola.

Quem via aquilo de fora, tantos títulos acadêmicos, tanta pompa sabichona, tanto salamaleque com cheiro de sabujice, não podia acreditar em algumas coisas que se passavam nos bastidores daquele mundo: doutores em lógica e filosofia que "recebiam" espíritos e davam conselhos como "guias" em sessões de umbanda; especialistas em literatura que não suportavam o ato de escrever; autoridades em línguas indígenas que jamais haviam posto os pés numa aldeia de índios.

Eu pensava nessas coisas ali em cima daquele palco, impressionado com o ambiente festivo que vinha da plateia, onde todos reverenciavam os mestres e doutores, como se o peso simbólico da academia os elevasse a um plano muito acima do comum dos mortais. Foi exatamente no momento em que o reitor se aproximou para me "outorgar a medalha do mérito acadêmico", cuja fita vermelha ele pendurou ao meu pescoço com a expressão estudada de quem consagra destinos, foi nesse momento que retornei ao passado ao recordar com tristeza a morte do Luiz Krem, contada pelo Chico André ali no ônibus que nos levava presos para o Dops de São Paulo naquele sábado congelante em Ibiúna.

Lembro que falávamos baixo, meio que disfarçando, sem que um quase nem olhasse para o outro, devido à proximidade dos meganhas. Foi então que, de repente, o nome do Krem apareceu na conversa. Eu contava que havia estado com ele um tempo atrás no bar do Abafa, quando o Chico André me corta espantado: "O Krem? Então você não soube?". "Não! O que houve com ele?", perguntei apreensivo. "Aquele velho, com quem ele morava, denunciou à polícia que ele era comunista", disse o Chico. "Comunista, o Krem? Pois se ele nunca se interessou por política e sequer teve dinheiro para estudar e comprar livros...", ajuntei. Chico André concordou, mas ficara sabendo que o Krem ganhava uns trocados da família de um perseguido político lá do Jardim São Paulo por esconder na casa do seu Ferdinando a "papelada subversiva" que as batidas policiais vasculharam por todo lado na residência do sujeito.

"O velho descobriu aquilo e...", eu ia completando. "Pois é" — fez o Chico André —, "ele telefonou pra delegacia e chamou os tiras, que prenderam o Krem numa tocaia, de madrugada, quando chegava pra dormir." "Foi ali que o mataram?", perguntei. "Isso ninguém pode garantir", respondeu. "A única coisa que me explicaram" — observou o Chico — "é que ele foi morto na Serra da Cantareira, incluído entre 'os subversivos' que o delegado Fleury garantia que tentavam envenenar as águas da represa para desmoralizar as forças de segurança." "Jamais imaginei o Krem metido numa ação subversiva. Logo ele, que nunca falou nada sobre essas coisas...", emendei com ceticismo. "O pior é que ninguém jamais soube dele, nem do lugar onde foi enterrado e nem sequer teve atestado de óbito. Ele morreu ali pior que um cachorro vadio pelas ruas da cidade", lastimou o Chico André.

"Que coisa, o seu Ferdinando...... Ele está vivo ainda?", perguntei por perguntar. O Chico disse que não fazia ideia, mas acrescentou que soube pelo padre Bruno que depois daquilo o velho ficou muito assustado. Ele vendeu a casa e acabou indo embora para Atibaia, onde vivia um de seus irmãos.

"O padre Bruno?", perguntei surpreso. "Você conversando com o padre Bruno, Chico?", resolvi provocá-lo, pois sabia da antipatia que ele sempre teve pelo sucessor do padre Távora, desde aquela tarde em que, ainda menino, o largou falando sozinho na sala da sacristia ao fugir pelos fundos para escapar da cerimônia da primeira comunhão.

"O padre Bruno não interessa, você sabe disso melhor que ninguém", explicou contrafeito. "O diabo é que ele nunca desistiu de ir lá em casa aporrinhar meus pais, insistindo para que eu voltasse à igreja e retornasse ao 'bom caminho'." Ele disse isso e se calou. Depois de um longo silêncio, quando o ônibus já entrava na subida da avenida Rebouças e eu acabava de mergulhar num rápido cochilo, despertei com o Chico resmungando sozinho: "É, bom caminho... Que caminho podia ser esse com meu pai desempregado e a gente tendo que deixar a casa do Tremembé pra ir morar lá nos confins de Porto Ferreira, nos fundos do armazém da minha avó? Que bom caminho podia ser esse?", ele seguia se perguntando.

Aqui no palco, observando o entusiasmo dos colegas e dos alunos, sinto que o barulho das palmas parece desmanchar o silêncio das minhas lembranças, como se eu estivesse aqui simplesmente por estar, ouvindo cumprimentos que não mereço, recebendo abraços que não me cabem e elogios que a vida inteira recusei. Não sei por quê, mas aquilo tudo me parecia tão estranho quando comparado aos meus anos de estudante na Maria Antônia, onde pude viver umas tantas coisas que iriam marcar o meu caminho pela vida afora.

Diante de alguns mestres que ali conheci, falar em reconhecimento e homenagem é coisa que nem em sonho posso admitir em se tratando de mim mesmo. De todos eles, havia um que nos encantava pelo saber, pela firmeza, sobriedade e retidão. Suas aulas de teoria literária, na sala comprida do primeiro andar, logo à esquerda de quem se dirigisse às escadas para os pisos superiores, viviam abarrotadas não apenas de estudantes, mas também de professores e doutorandos atribulados por dúvidas e problemas em seus trabalhos de tese.

Tudo isso teria fim naquele semestre convulso de 1968, mas ainda agora vejo passar a figura serena do professor Antonio Candido dirigindo-se à sala de aula, uma pequena pasta de couro debaixo do braço, magro, esguio, elegante. Um ano antes de cair o congresso de Ibiúna, ainda tentei assistir a uma de suas aulas sobre a estrutura narrativa do romance, numa manhã em que o tema seria a prosa de Stendhal, se não me falha a memória.

Lembro que, já na porta da sala, perguntei a um colega qual seria o romance que o professor ia examinar naquele dia. "Romance?", ele me respondeu, surpreso. "Sim, qual deles?", insisti, preocupado que não desse tempo de passar antes no balcão do seu Jaime para comprar o livro que seria analisado em classe. "Romance, rapaz?", ele repetiu com um risinho irônico. "O professor costuma discutir é a obra inteira, incluindo os críticos do período e as relações com os romancistas mais importantes da época." Em seguida, olhando com indisfarçável descaso para a minha cara de calouro afoito, arrematou: "Aí não tem seu Jaime que aguente, rapaz!". Perdi o pique e saí andando sem saber ao certo para onde ir. Imagino hoje com que cara apareci lá fora, deixando o prédio da Maria Antônia em busca de qualquer distração que me fizesse esquecer daquilo.

Era um dia claro, desses em que o sopro ameno da aragem parece querer nos transportar para longe das coisas tristes da vida. No entanto, foi só me sentar ao acaso na mesinha livre de um café na esquina da rua da Consolação que senti por dentro a angústia de não saber como enfrentar aqueles desafios da faculdade — como se a consciência subitamente me alertasse que todo aquele tempo de menino, solto nas ruas do Tremembé, não passara de um tempo inútil perdido longe dos livros, sem sequer a imagem de um poema, de um conto, de uma crônica que fosse, para ler em casa, no silêncio do meu quarto.

Quando hoje penso que aquela manhã acabou me separando por mais de quarenta anos das lembranças que ficaram no passado, mal posso avaliar o quanto fui feliz por ter voltado a procurar aquele mestre que falava de Stendhal, da literatura e da crítica, é verdade, mas que me mostrou, como nenhum outro em minha vida, que é no coração dos livros que se esconde a melhor entrada para compreender os desenganos da condição humana. É principalmente dele que me recordo agora, aqui de pé, em cima desse palco de homenagens — ele, que sempre as recusou pelo anonimato, à meia distância entre a prudência e o pessimismo.

Não me surpreendo, assim, de olhar para a cara do doutorzão em medicina aqui ao lado e ver no lugar dela o rosto triste do Krem, a expressão faminta do Cabelo e os lábios quase trêmulos do moleque Paulo Louco fugindo sem destino pela noite para escapar às garras do pai bêbado que o perseguia com um chicote de arame zunindo em círculos, como se lanhasse a cara do vento. Foi então que compreendi as diferenças que nos separavam — eu que sempre me considerei um deles sem sequer suspeitar o quanto a miséria e o sofrimento corroíam as suas vidas, soterrando-os num tormento de desgraças que nem em sonho eu poderia imaginar.

É verdade que a vida correu depressa. Nos anos que passei na universidade, convivi com muita gente, escrevi alguns livros, viajei, conheci lugares, e, se fosse tolo, hoje poderia julgar que essa pantomima recheada de becas constitui o auge de uma carreira brilhante, como se costuma dizer em casos assim. Longe disso, tenho certeza, sempre que recordo os tão sonhados projetos que, por preguiça, fui largando pelo caminho.

De repente, ouvi que me passavam a palavra. Numa fração de segundos, o doutor Angeliba, todo solícito, apareceu sorrindo à minha frente, anunciando o meu nome pelo microfone com aquele tom de voz enfatuado, tão comum nas sessões solenes da academia. Mas eu esfriei e quase pedi que pulassem a minha vez, que chamassem outro colega entre os tantos que aguardavam para subir ao palco.

Mas logo vi que não tinha jeito. Angeliba me passou o microfone e todos começaram a aplaudir, enquanto eu me aprumava para começar a falar. Confesso que não me vinha nada à cabeça além de um simples agradecimento pela cordialidade com que fui recebido por todos numa comemoração como aquela. Era o que eu estava começando a dizer, depois de relutar um bom tempo olhando para o teto do salão nobre agora em silêncio, apesar de abarrotado de alto a baixo. A sorte, porém, não quis assim. Nem bem proferi a primeira palavra e um rumor de vozes animadas, de início baixinho mas depois subindo gradativamente o tom, começou a aclamar o nome do nosso primeiro reitor, que acabava de entrar no auditório por uma das portas laterais. Para a minha alegria, o que parecia apenas uma manifestação isolada acabou se transformando num coro coletivo que gritava em uníssono o nome daquele homem, responsável por ter trazido para a universidade boa parte dos professores de talento que o golpe militar de 1964 havia mandado para o exílio.

Abafadas por tamanho alarido, as poucas palavras que então me acudiram como que evaporaram, deixando-me feito um boneco ali no palco, reconhecível apenas pelos movimentos dos lábios, mas sem qualquer sonoridade articulada que pudesse chegar ao público de forma compreensível. Para mim, nada melhor poderia ter acontecido. Ainda mais quando vi o doutor Angeliba aproximar-se para me dar um abraço inesperado, com os olhos voltados para o reitor ilustre, como a pedir que eu encerrasse a minha fala o quanto antes, porque a solenidade agora mudava de figura.

O barulho foi tanto que, quando dei por mim, já estava lá fora, ao lado do gramado da biblioteca. Ainda olhei para o jardim para ver se o bedel continuava por ali, gozando a fresca da noite. Mas já não havia ninguém, apenas um ou outro funcionário, além de uns poucos curiosos que olhavam admirados para o lustroso Chevrolet azul-marinho que trouxera o antigo reitor. Lembro que, no banco traseiro, com as duas portas abertas, o motorista ouvia embevecido um rasqueado ordinário que roncava alto, em contraponto com o discurso exaltado do chefe, possível de ouvir dali de baixo.

13

Saí dali ainda não eram nove horas. Havia um sossego esquisito naquela escuridão. Eu ia seguindo pela avenida quando de repente dei comigo em plena rua Lair, aquela mesma em que, meninos, descíamos batendo os sapatos e assobiando alto na noite garoenta de 1954. Eu descia sozinho, seguindo o mesmo trajeto que então percorremos, decididos a enfrentar qualquer perigo que encontrássemos pela frente. Só que agora não havia ruídos à minha volta, como se tudo estivesse paralisado num silêncio triste e todos os meus companheiros — não apenas o Krem — já tivessem ido embora deste mundo. Eu descia matutando e pensando neles, mas não conseguia tirar dos olhos a figura do Paulo Louco à nossa frente, esbanjando coragem e olhando em volta para os becos escuros em busca de episódios que só nós éramos capazes de conceber.

Na verdade, o que queríamos era brilhar e não sabíamos — pobres garotos fascinados pelos filmes de faroeste que víamos na tela do Cine Ypê nas matinês de domingo. Enquanto descia, eu ia percebendo, triste, como tudo havia mudado: a casa da dona Nicota não existia mais; os ciprestes que margeavam a rua haviam sido arrancados, substituídos por muros altos e portões acorrentados protegendo os carros nas garagens; as árvores das calçadas já não estavam mais lá, levando com elas os passarinhos que piavam o tempo inteiro, num alvoroço sem tamanho. Mais abaixo, quase na esquina da rua Pedro Vicente, pude enxergar os fundos do terreno que dava para a casa do padre Távora, agora transformada num amplo depósito de um posto de gasolina, todo iluminado, onde dois frentistas conversavam ao lado das bombas, ouvindo pelo rádio uma partida de futebol.

Então parei na calçada e olhei para o outro lado da avenida, onde ficava o muro da casa do seu Henrique — hoje uma loja de armarinhos —, aquele mesmo atrás do qual me escondi para ver o Paulo Louco dando proteção ao Cabelo, para que ele fugisse por entre os ciprestes, antes que o Xisto chegasse e o arrastasse para o delegado Pentecoste. Eu olhava para aquilo tudo premido pelas lembranças de um tempo desfigurado que a memória não deixava apagar. Contra o passo irreversível do presente, eu insistia em olhar de volta para o nosso tempo, enxergando ao longe, lá no alto da rua Lair, mesmo sabendo que isso era agora impossível, a figura de um menino chorando sentado na calçada, a boca cheia de sangue — pobre Krem, que pagou por ter sido corajoso, sem imaginar que um dia acabaria assassinado sem saber por quê.

Enfim, agora eu me sentia livre para não mais voltar. A noite era fresca, eu estava longe daquele palco cercado de becas por todos os lados, livre para caminhar a noite inteira, para o lugar que eu cismasse. Ali parado, sozinho, eu olhava em volta tentando imaginar como tudo seria se nada tivesse mudado. Um vazio imenso tomava conta de mim, trazendo uma espécie de travo amargo que me paralisava por dentro.

Vagar, reviver... Mas para onde ir, se o roteiro das lembranças acabou soterrado sob a paisagem que emudecera as vozes daquele tempo? Mais adiante, a alguns metros do posto do Xisto, quase na esquina do antigo Grupo Escolar Arnaldo Barreto, a essa hora todo apagado, de repente me vi defronte dos velhos portões de ferro da escola, altos e firmes como se jamais tivessem perdido seu tom vermelho-ferrugem que se misturava às flores das frondosas espatódeas balançando ao vento das manhãs, quando chegávamos para as aulas do primeiro período.

Pouco atrás, embaixo das escadarias da igreja de São Pedro, olhei para o largo da estação, quase todo às escuras, só um ou outro carro iluminando solitários caminhantes ali em frente ao mercado que ficou no lugar do Cine Ypê, cercado de bares e lojinhas de quinquilharias, de vitrines iluminadas que soterravam para sempre os últimos sinais do que ainda restava da quitanda do seu Martins, da farmácia do Teodomiro, da antiga banca do seu Manuel jornaleiro, da barbearia do Miúdo, agora transformada numa ampla casa de móveis que engoliu o bar do Miranda, desfigurando o larguinho onde antes ficava a antiga porteira do trem da Cantareira, ali na subida para a Parada Sete.

Foi então que decidi o meu caminho: ir ver o que ainda restava das casas em que viveram os parceiros da nossa rua. Subi pela Maria Antonieta até onde morava o seu Fortunato, bem na esquina da Jerônimo de Camargo. Dali fui descendo devagar para a casa em que vivera a família do Paulo Louco, agora toda transformada, pintada de novo, os portões elevados e uma ampla janela de correr ocupando toda a extensão do que antes era o quarto no qual a dona Zina lavava e passava as roupas para entregar no dia seguinte. Nem sinal do velho portãozinho onde tantas vezes esperei o Paulo para formar o time do campeonato de rua. O porão em que ele dormia com os irmãos havia sido transformado em garagem, e da rua não se via mais o fundo do terreno onde a gente fazia balões e jogava bolinha de gude antes que o pai dele chegasse e mandasse todo mundo embora.

Dali onde estava, eu podia ouvir, no silêncio da noite, os nossos gritos de alegria depois dos jogos que ganhávamos. Vi de novo a molecada subindo a rua atrás do nosso time, o Joli latindo na frente e o seu Fortunato, na esquina, perguntando o resultado do jogo e querendo saber quem tinha feito os gols. Depois íamos para a casa dele tomar café e, à noite, saíamos juntos pelas ruas tranquilas do Tremembé em busca de aventura. Seu Fortunato, dona Alice, Chico Meche, vovó Beppina, todos já tinham ido embora havia muito tempo, e nem mesmo a casa do Zé Cimini existia mais.

Parado na esquina, parecia que eu tinha mergulhado num sonho. Via como se fosse agora a dona Zina pedindo da janela para não voltarmos tarde; ouvia o Paulo Louco gritando para o pai dele deixar de bater na mãe; lembrava das noites em que ele e o Cabelo iam me chamar na janela por terem sido postos para fora de casa. O Paulo não pôde continuar estudando, só fez o primário com a gente, e assim mesmo mal frequentando as aulas por falta de roupa e material escolar. Reparei no vitral onde antes ficava a janela pela qual muitas vezes fugimos para esperar os balões lá na Invernada, nas noites frias de junho.

Tudo agora estava morto, a casa era outra, a rua era outra, nenhum rastro daquele tempo, só o silêncio amortecendo o eco dos meus passos pelo asfalto enregelado, descendo a rua solitária e olhando em volta como se ainda esperasse um grito, um chamado — ah, o nosso velho código, três piados repetidos diante de qualquer perigo naquelas andanças pelos becos do Tremembé...

Paulo Louco morreu em março de 1970, inconformado com o que falavam de sua mãe, depois dos encontros dela com o delegado Pentecoste. Sobre a sua morte não se sabe muita coisa, mas consta que foi morto pela polícia. A última notícia que circulou no bairro é que, pouco antes de morrer, ele esteve na casa do Cabelo para lhe entregar uma caixa com todas as coisas de valor que foi juntando pela vida. Depois eu soube pelo Ximbute que, entre essas coisas, estava a velha bola de capotão daquele jogo cascudo que durou mais de três horas no asfalto da rua Antônio Pinto, naquele sábado de

Carnaval de 1955, quando o Paulo fez o gol da nossa vitória (12 a 11), enfiando um bicudo no canto esquerdo do goleiro Chocolate.

Já lá embaixo, quase na esquina da rua Santa Rita, ainda olhei para trás. Era como se eu me recusasse a ir embora dali sem ter visto ou ouvido nenhum dos amigos daquele tempo. Foi quando pareceu que eu escutava um latido tristonho do cachorrinho Joli, como se ele estivesse se despedindo de mim com as patas apoiadas no portãozinho do seu Fortunato, como gostava de fazer. Aquilo me cortou por dentro. Juro que pensei em voltar para ficar ali abaixado com ele, afagando sua cabecinha até o dia amanhecer. Mas foi só uma impressão de saudade. O Joli também tinha ido embora e desaparecido no silêncio do tempo como todos eles.

Olhando o relógio, vi que o dia ainda demorava para nascer. Perto de onde ficava a venda do Chico Meche, decidi subir a rua Albertina para ver se ainda existia o estacionamento onde o pai do Cabelo, vigia aposentado do Horto Florestal, fazia agora um bico de guarda noturno, aproveitando um cubículo de madeira caindo aos pedaços ali nos fundos do terreno para morar com os filhos menores. Fazia anos que eu não via o Cabelo, e não tinha a menor ideia se ele ainda continuava no bairro, pois a família nunca conseguiu ficar muito tempo numa mesma casa. Enquanto a mãe dele foi viva, eles rodaram por mais de dez endereços, porque o que tinham não dava para o aluguel e as despesas da família.

Daí o meu pessimismo em encontrar o Cabelo por ali. Cheguei devagar e fiquei parado bem ao lado do portão da frente, tentando ver se havia algum movimento na portaria. Eram três e quinze da manhã, tudo apagado e nem sinal de vida lá dentro. O silêncio da noite só era cortado por um ou outro curiango voando baixo por entre os ciprestes que vergavam ao vento ali ao lado da sede do Clube Atlético Tremembé. Cheguei a pensar em voltar para o largo e esperar que o dia amanhecesse para tomar um café bem quente na padaria do seu Albino. Mas nem dei o primeiro passo e dois cachorros grandes saíram roncando grosso em minha direção e começaram a latir na minha frente, até que as luzes se acenderam e um berro enraivecido ecoou da janela: "Quem é que está parado aí no portão? É a polícia outra vez?". Pelo tom e o jeito mal-humorado, reconheci logo a voz do pai do Cabelo, e nem precisei perguntar pelo filho dele, porque o homem, esbravejando por todos os poros, começou a gritar impropérios e palavrões, dizendo que, se não era a polícia, só podia ser gente da laia do filho, "aquele vagabundo que sumiu de casa" e só mandava para lá "esses tipos de rua que nem sabem o que é respeitar a casa dos outros".

Aquilo foi um rebuliço. As luzes dos vizinhos também se acenderam, outros cachorros começaram a latir, homens gritavam das janelas pedindo silêncio. Quando dei por mim, já estava no corredor da Invernada, perto de onde é hoje o canil da Polícia Militar, naquele tempo apenas uma vasta planície de capim-gordura com uma ou outra árvore de permeio, além da cerca de arame farpado que ia da Parada Sete até lá embaixo, quase na esquina do bar do Abafa.

O fato é que só fiquei sabendo do Cabelo algum tempo depois, quando num sábado encontrei por acaso o Miroel Silveira fazendo a barba no salão do nosso amigo Dario, ali ao lado da fabriqueta do Caetaninho. Miroel nunca deixou de ajudar o Cabelo, e quase todas as semanas o levava para fazer algum serviço na sua chacrinha da rua Eduardo, em troca de roupa, comida e dinheiro. "Cansei de pedir pra ele fazer a admissão ao ginásio, porque sem escola, hoje em dia, o sujeito não vai a lugar nenhum", ele me disse, como que num desabafo.

"E depois o Tremembé mudou muito, está cheio de gente nova, ninguém mais se conhece como antes, e as pessoas pobres agora não têm muito em quem confiar por aqui. Cansei de dizer isso pra ele", Miroel emendou num tom entristecido, como se alguma coisa de ruim tivesse acontecido com o Cabelo. "Mas ele sempre foi animado e nunca deixou de trabalhar na rua pra ajudar a família", falei assim por falar, sem pensar muito no que estava dizendo. "Porra! Você não soube?" "Eu? Não! O que foi?" Miroel ficou olhando de lado, cismando por alguns segundos, com aquele seu jeito sereno de quem não é de falar muito. Foi então que o Dario, afiando a navalha embaçada na grossa tira de couro que pendia da cadeira, virou-se para mim e disse com os olhos baixos: "Ele pulou de cabeça de lá de cima da pedreira do campo velho e se arrebentou todo naquelas pedras pontudas lá embaixo, bem atrás do gol do barranco".

Fiquei um tempo sem saber o que dizer e cheguei até a me arrepender de ter passado na barbearia. Fui sentindo um nó crescer na garganta, um nó que me impedia de falar. Olhando os carros lá fora no largo, a única coisa que eu via era a figura do Cabelo parado em frente ao bar do seu Júlio, como se ainda estivesse me esperando ali na esquina da rua do Sinibaldi, naquela tarde em que perdemos o jogo final do quadrangular disputado com a turma da rua José da Silva. Lembro que o jogo acabou em briga, com a molecada toda se pegando na rua, entre socos e pontapés, depois que o juiz anulou um gol de cabeça do Chico André. Não sobrou nem para o Joli, que latia desesperado na calçada vendo o Paulo Louco caído no chão com dois marmanjos em cima dele, até que o Frangão chegou por trás e acertou a orelha de um deles com um pedaço velho de antena de automóvel que ele costumava levar dobrado no bolso da mochila.

"Cabelo velho de guerra", eu ia pensando comigo enquanto caminhava sozinho em direção à rua José da Silva, para rever o palco daquela batalha. "Cabelo velho de guerra, você também foi embora sem dizer adeus, rapaz...", eu ia murmurando ao me aproximar daquela rua, antes tranquila e silenciosa, agora repleta de muros altos protegendo as varandas dos sobrados e dos prédios novos. E então, bem ali no cantinho onde o Joli ficou latindo enquanto o Paulo Louco apanhava dos dois marmanjos, dei de cara com uma guarita de segurança de onde um sujeito atarracado observava os meus passos. Confesso que foi com lágrimas nos olhos que ouvi — como se fosse agora — os latidos aflitos do nosso Joli no colo do Cabelo, que o tomou nos braços e correu com ele para a garagem do doutor Blanco, temendo que o cachorrinho se ferisse no meio de toda aquela confusão. Eu revivia a saudade daquelas cenas quando o homem atarracado saiu da guarita e veio me perguntar o que eu estava fazendo ali no canto da calçada. "Ah, se você pudesse imaginar o que estou fazendo aqui...", pensei encabulado, sem dar resposta ao sentinela, e fui subindo de volta para a avenida, sem dizer nada.

Cabelo morreu em abril de 1974 e foi sepultado em vala comum no cemitério da Cachoeirinha, sem que ninguém ficasse sabendo do seu enterro. A maior tristeza da sua ausência é que não é mais possível passar pela linha do trem, ali na curva do campo velho, sem deixar de pensar que ele escolheu morrer justamente no cantinho das pedras escondidas do fundo, onde muitas noites, para quem subisse pela rua Maria Antonieta, na altura da casa da dona Carmela, se podia ver de longe as chamas mortiças da fogueirinha que ele deixava acesa enquanto dormia na encosta da pedreira, depois de ter sido expulso de casa por não ter conseguido trazer o dinheiro que o pai lhe exigia.

Saí dali pensando no destino amargo dos meninos pobres. Não precisei ir longe para reconhecer que a morte do Cabelo não foi mais que um episódio a confirmar a miséria e o abandono tão comuns na vida de muitos outros garotos que brincaram comigo jogando bola pelas ruas do Tremembé da Cantareira — Tãozinho, Paçoca, Neguiça, Piau, Chiquinho Cagalhão... Pensar em todos eles foi para mim uma forma de consolo que desfazia na memória a perda de um parceiro tão querido como o Cabelo velho de guerra.

Mas aquilo durou pouco. Ainda na esquina da José da Silva com a Pedro Vicente, voltando os olhos para uma derradeira imagem do palco daquele jogo, percebi com tristeza que o nosso time (eram sempre sete contra sete) tinha terminado para sempre. Sem o Krem e o Cabelo, só sobrei eu da nossa linha de defesa. Lembro até hoje com orgulho o duro que eu e o Cabelo dávamos lá atrás para impedir que as bolas altas chegassem ao gol do Krem, que, além de enxergar pouco, não sabia rebater as bolas cruzadas por cima, subindo sempre de olhos fechados, sem ver direito para que lado rebatia. Só o meio de campo, com Frangão e Ximbute, permanecia completo, eu ia lembrando com saudade ao ver a rua de lá de cima.

Mas e o Ximbute, onde estaria a essas horas o magrelo Ximbute? E o Frangão, terrível nos carrinhos que dava por trás — principalmente nos dias de chuva, com o asfalto molhado ou a terra enlameada —, por onde andaria agora? O Frangão não perdia parada, nem que fosse para voltar para casa de calção todo rasgado e as pernas estropiadas. Ainda lembro das pessoas batendo palmas ao vê-lo deslizando pelo chão e levando com ele tudo o que encontrasse pela frente: bola, jogador, juiz, cachorro de rua, caixa de sapatos, o diabo... Com ele e o Paulo Louco, nosso time era o mais brigador dos campeonatos de rua da Zona Norte. Com os dois — eu seguia lembrando com tristeza, já na esquina da rua Pedro Vicente, quase na casa do seu Manuel da Turma —, com os dois, o time só perdia depois de brigar muito. Parece que ainda vejo o Paulo Louco dando trombadas lá na frente e se pegando o tempo inteiro com os beques adversários para acabar arrastando tudo no peito e marcando gols que pareciam impossíveis.

E ele fez muitos, mesmo tendo a seu lado um atacante medroso como o Chico André, que por qualquer empurrão ou cara feia pulava fora do lance e fugia para a calçada. "Pra mim, não! Não passa pra mim que eu estou marcado!", ele gritava lá da ponta esquerda, quando algum de nós pedia que ele fechasse para receber a bola. "Pra mim, não! Olha o Paulo livre no meio!", gritava apavorado, de olho no garoto raçudo e bom na rasteira que o ameaçava o tempo inteiro, olhando feio na cara dele. E quanto ríamos dele depois que o jogo terminava e a gente ia embora para casa arreliando os companheiros... "Medo?! Eu, medo?!", ele falava despeitado, querendo mostrar uma coragem que nunca teve. "Ele que viesse de homem pra homem! Coitado! Eu acabava com ele!", dizia o Chico André, sem evitar que uma gargalhada geral o deixasse ainda mais exaltado.

Ah, como ficávamos felizes quando ganhávamos os jogos! Lembro que subíamos correndo a rua Maria Antonieta com o Joli latindo na frente, numa algazarra que chamava a atenção de todo mundo. E teve uma vez, num sábado, que a farra chegou ao ponto de interrompermos o cortejo de um casamento que saíra da igreja de São Pedro para acabar bloqueado no largo da estação, com os carros aguardando a nossa passagem sem poder seguir para o salão do Horto Florestal, onde seria a festa.

Mas nenhuma comemoração, que eu me lembre, foi maior do que aquela que aconteceu no dia 6 de fevereiro de 1955, quando o Corinthians empatou com o Palmeiras (gol de Luizinho) e conquistou o título do IV Centenário de São Paulo. Naquele domingo, nós jogávamos com os garotos da rua do colégio Santa Gema, pouco acima de onde ficava a delegacia do Xisto. Já ia quase escurecendo e o nosso jogo estava para terminar. Perdíamos por 4 a 3, e as luzes da quermesse na praça ali ao lado estavam se acendendo. De repente, a voz macia do radialista Guga anunciou pelo alto-falante a vitória do Corinthians no Pacaembu. Foi um deus nos acuda: saía gente de todos os lados, pulando, gritando, comemorando. Com a rua transformada em festa de Carnaval, o nosso jogo não teve como prosseguir. Mas, diante daquela conquista do Corinthians, ninguém pensava em mais nada. Todos nós nos abraçávamos, inclusive com os nossos adversários. Nos dois times, a maioria dos garotos era de corintianos, e lembro que, todos juntos, começamos a pular com a multidão, que foi invadindo a praça da quermesse quase até lá embaixo, já na escadaria da igreja. O resultado do nosso jogo ficou como estava: 4 a 3 para o time do Santa Gema, mas a gente nem lembrava mais da partida. Naquele dia nós perdemos, mas perdemos felizes.

Foi com a emoção dessas lembranças que cheguei à calçada onde antes ficava o ponto do ônibus 77, que ia do Tremembé à praça do Correio. Já era dia alto, e não pude evitar a tristeza que as andanças daquela noite vieram acrescentar à história destas lembranças, fechando-as, para mim, com sabor de despedida. Olhando o ônibus que apontava na curva, vindo da Parada Sete, ainda pensei em como teria sido alegre se eu pudesse ter-me encontrado, naquele dia, com o Chico André e o Frangão, velhos parceiros daquele sonho dourado que vivemos juntos na lírica paisagem do Tremembé da nossa infância.

Mas isso — lembrei-me a tempo — já não era mais possível. Do Chico André, nunca mais soube nada — se morreu, se mudou de cidade, se ficou doente ou até mesmo internado em algum lugar. Dele, ninguém mais teve notícia, nem mesmo se havia se casado ou constituído família. O certo é que nunca mais voltou para o Tremembé. Só restava o Frangão. Mas quem é que podia conversar com o Frangão nos dias de hoje? Sozinho, largado pela mulher e ignorado pelas filhas, que só lhe deram aborrecimentos, vivia trancado em casa numa rua tranquila da Parada Inglesa, cuidado por uma tia idosa, dizem que bebendo e fumando muito, sempre com a mesma roupa, o tempo todo deitado na cama, recusando-se a ir ao médico e a cuidar de si próprio.

Já no ônibus, ali na curva do Arnaldo Barreto, ainda virei para me despedir do velho largo da nossa infância. Mas pouco pude distinguir além da impressão esfumaçada de lembranças que gradualmente se dissolviam, desmanchando no nada aqueles anos tão felizes de nossas vidas.

LA GALVAO

Idário Sanches Peinado, defensor do Corinthians na final do Campeonato Paulista do IV Centenário, rodeado pelos garotos do Tremembé — entre eles, Antonio Arnoni Prado, no alto, à direita, com a mão no ombro do jogador (foto do jornal *O Esporte*).